一只奔跑的神兽

《名人堂》系列

主编 中 岛 崔修建

王竞成·著

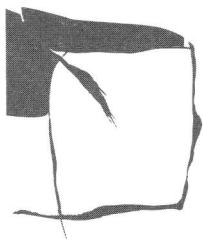

文匯出版社

图书在版编目（ＣＩＰ）数据

一只奔跑的神兽/王竞成著. -- 上海 ： 文汇出版
社，2017.8
ISBN 978-7-5496-2253-5

Ⅰ．①一… Ⅱ．①王… Ⅲ．①诗集—中国—当代
Ⅳ．①I227

中国版本图书馆CIP数据核字（2017）第174538号

一只奔跑的神兽

主　　编 / 中　岛　崔修建

著　　者 / 王竞成
责任编辑 / 熊　勇
特约编辑 / 吴雪琴　于金琳　季天乐
策　　划 / 任喜霞　索新怡　崔时雨
装帧设计 / 蒲伟生

出版发行 / 文匯 出版社
　　　　　　上海市威海路755号
　　　　　　（邮政编码200041）
印刷装订 / 大厂回族自治县聚鑫印刷有限责任公司
版　　次 / 2017年8月第1版
印　　次 / 2017年8月第1次印刷
开　　本 / 880×1230　　1/32
字　　数 / 140千
印　　张 / 9.5

ISBN 978-7-5496-2253-5
定　　价 / 41.00元

· 总序 ·

新诗的变革时代已经到来

中 岛

博客中国"2017中国诗歌助力计划"必将成为中国新诗历史上最具影响力的诗歌事件，诗人《名人堂》系列的宏大，也必将与"中国诗歌助力计划"一道，对中国新诗发展历程产生深远的影响。这是一项前所未有的浩大的中国新诗呈现工程，它的价值在于突破诗歌环境的层层壁垒，让诗歌的"霸权主义"，诗人的"墙体主义"，诗歌的"老人脸色"不再影响和左右诗坛；诗歌不仅是思想灵魂的载体，也是人格的化身，那些以"霸占"诗歌资源，"一手遮天"道貌岸然的诗歌刽子手的时代已一去不复返了，新诗的旧时代已经过去，新诗的变革时代已经到来！

这是诗歌精神力量所致。

中国诗歌经历了漫长的发展与演变过程。无论是最早的古歌谣还是辉煌鼎盛时代的大唐诗歌，以及现当代的白话诗、口语诗，诗歌的进程都与当时的人文时代环境与变迁有着密不可分的关系，它不仅是中国文明发展历史的重要记录，更是创造与开拓生命与文化价值体系的重要组成部分。

尽管今天在多数人看来，诗歌已经辉煌不再，甚至是不值得一提，但是，如果再过去一百年二百年，诗歌的价值和重要性依然熠熠生辉，就如我们当今孩子们在成长中的教育培养缺不了诗歌一样，你生存与成长的土壤，都无法逃避诗歌对你的熏陶与影响，必不可少的与诗歌进行着"亲密接触"，因为它必定在潜移默化的为你和社会提供着一种精神和语言创新的帮助，它丰富语言体系的功能与生俱来，它承载与创造的精神生命永不停止。

从文言文到白话文的演变，是中国文化的一次非常重要的历史性变革，它几乎影响了昨天、今天和未来所有的中国人，影响着世界文明的进程。

每个时代的文化变革，诗歌的作用举足轻重，都起了领航的关键作用。中国现当代诗歌的发展是伴随着中国人文精神觉醒开始的，它可以说是中国五四运动的号角，是开启中国新时代的钥匙。这样的颠覆性的文字与精神"革命"，其价值是不言而喻的，而这样变革的领导者必定缺不了诗歌这样一种表达形式。

诗歌的意义更在于是推动人类文明进步的力量。

从1917年2月开始，中国的诗歌在改变着中国人的文化推动方式，其发生与发展影响至今，从胡适在《新青年》发表了《白话诗八首》开始，中国现当代诗歌就进入了一种全新的时代，中国的文化也进入了全新的时代，这是一个标志性的时代，而这一开始就注定改变中国和中国人的命运。

中国诗歌的作用如此巨大，它将继续这样的力量与光荣。

2016年是中国现当代诗歌发展100周年，我们将用一颗敬畏之心打开这一百年的诗歌光景，阅读和朗诵这些伟大而不朽的诗人，这是一种心灵的慰藉和世纪的对话。

胡适、鲁迅、艾青、郭沫若、食指、北岛等这些在中国现当代文学史上熠熠生辉的名字，他们的诗歌和文字一直在影响着这个时代，或许将会一直影响下去。

他们创造的生命之诗、心灵之诗，更是一个民族人文发展的伟大结晶，历史也将永远记住他们这些永不褪色的生命诗歌。

当今时代是一个能够创造出伟大的诗和诗人的时代，尽管更多人认为诗歌已进入没落期，诗人已经顾影自怜了，但实际上所有人都正在诗歌的土壤里活着，被诗歌包裹着，呵护着；这些人我想也只是从社会的表面理解诗歌，没有看到更深层次的诗歌影响力，没有看到浮躁背后那股甘甜一样的诗歌生命，正在努力的与阳光一道，为我们的生命与人类的文明提供着精神的养分。

诗歌永远是不声不响的成为五千年来中国人的生命与创新的力量，成为人类世界不折不扣的精神灵魂。

这些年，一直在不停写诗的诗人，越来越多，这样的持续性实际上非常艰苦，却依然留住了越来越多热爱诗歌写作的人，这是诗歌之外的人所无法理解的，也是不能理解的。尽管诗歌写作的方式方法不尽相同，其内心却有着同一个信念，那就是把诗歌植入自己的生命中，让诗歌成为自己内心的一处湖泊或者一条河流，用圣徒的心来推进人文的精神化与生命的智慧化。

现在的诗人已经不像过去年代官府诗人那样，有生存的保障，甚至待遇非常高；也不是因为写诗歌可以堂而皇之地成为国家高级干部，有无比大的房子，有专用小汽车。

现在的诗人平头"百姓"居多，也没有任何福利待遇可言，如果仅仅写诗歌，一定会饿死，但是，这些诗人不怕，他们喜欢，有的不会因为贫穷而放弃写诗，也有极少数的诗人，成了百万千万富翁，但他们没有因为富有而放弃诗歌的写作，他们更懂得孰轻孰重，懂得人的生命所应该承担的那份使命与责任，这一群人有的一写就是几十年，不管春夏秋冬，不管有没有人关注，不管影响如何，不管外面的世界对诗歌多么的傲慢无视，他们依然坚持，依然诗兴喷涌，散发着独立自觉的诗歌艺术之光。这些诗人的伟大之处就在于他们非常懂得推进人类文明不是一个人的事情，人类的进步一定和诗歌有关。

正因为这些诗人的坚持，使诗歌的状态越来越具有教堂氛围，空旷、无边、宁静、干净。

这是诗歌的胜利。

诗歌是什么？我个人认为，诗歌是人类"高处"的灵魂，是生命无法抑制的绽放。诗歌可以通过一种"空气"净化的方式来影响成长者的精神与内心世界。

那些在写诗的同时，还在不停地为诗歌的发展作出努力的奔忙的诗人们，就更具有诗歌圣徒的境界与精神。

他们让诗歌充满了温暖与大爱。

博客中国"2017中国诗歌助力计划"《名人堂》系列诗集的出版也必将改变中国传统的诗歌出版模式，让沉寂在民间的优秀诗人获得公正的出版自己诗歌作品的机会，在他们中间一定会诞生伟大的诗人。

没有诗歌的时代是愚钝的时代。我很庆幸自己生活在一个欣欣向荣的诗歌时代。那些冲破生命阻力的诗人，那些句句划开时代症结的"匕首"之诗歌，是跳动的灵魂之火焰，正在以它充沛的精神，给予我们最精彩的时光，那是生命中最经典的日子。

· 序一 ·

穿过黑夜的诗人
——序王竞成诗集《一只奔跑的神兽》

章闻哲

　　杰出的诗人中有两种诗人，一种歌咏黑夜中的炫丽的蝴蝶，一种吟唱白夜中辉煌的宫殿。一种捕捉，一种凝视，两者都看到了至美的幻象，两者都如痴如醉，如泣如诉，其情绪一如溪流之幽咽，一如江河之奔腾；一者属内部此岸之绝唱，一者是外部彼岸之圣咏；一者凄美神秘，一者庄严崇高。两种诗人皆为"巫人"，又皆为圣徒，其诗犹如祈神仪式，若舞之而蹈之，大笑之而痛哭之，如疯癫状而犹有警世之声如雷贯耳，如颓废状而犹有斗士之沉着勇猛。挥剑斩蝶，落一地缤纷；甲胄啸金，照彻诗人之夜色。于是诗人如同与上帝背水一战的撒旦，他立于人性之王国，一时如同人性为自己塑就的至高的偶像耸立于诗中，一时又如同落寞的英雄独立于昏幽的一隅。

但仅仅有暗夜之蝶，足以书瑰丽，却不免儿女情长、英雄气短；仅仅有后者（白夜之殿堂），足以展恢宏，却不免空旷之余生荒凉，高远之余生傲慢自负。若以蝴蝶为宫殿之刀笔，以宫殿为蝴蝶之圭璧，则情势斐然，气度沉著，而文犹有其大观矣。何谓"大观"？——意象繁多之外，复有大气象、大格局者是也。不能断言，王竞成的诗整体上正是这样一种"大观"之诗，但至少有此"大观"之意，之象。其诗有情势沛然者，有理性刚健者；有诙谐泼辣者，有凄美哀痛者，有婉转多情者，亦有抑郁颓废者。有超拔空灵者，又有困兽之挣扎；有天真谦卑者，又有王者之视，哲者之洞见；有情欲之流露，又有僧侣般的清净无为。如守夜人，又如白日梦者；如朝圣者，又如毁灭者；如行吟者，又如坚守在故乡的山石；有炽热的赤子情怀，又有冷如灰烬般的寒凉。——对这样一位诗人，笔者虽作为一位离之最近的观察者，亦恐笔墨有所不及。无疑，要描述王竞成及至剖析其诗之经纬，并非易事。或许正因为距离太近，评论王竞成，才更加困难。

窃以为，要客观地评价王竞成及其诗，需要从诗人视之为宗教般的诗歌本身、从其矢志不渝的诗歌信仰出发，才能稍稍触及其诗的精神本原。然而，当人们企图抽象地概括他们的家人、亲友时，无疑在某种程度上又是在土地、血缘、成长、日常的种种细节面前黯然失色的，甚至可能是矫情的。但现在，笔者不得不胜任这种"黯然失色"或胜任"矫情"，以便能大致地勾勒出诗人及其诗的基本框架，为这本诗集的读者提供一份微薄的参考。

一、山谷背阴处的"幽兰操"

也许是出于对苦难的某种胆怯，读王竞成的大部分诗，总觉过于含悲，不忍卒读。比如，他曾以"掩泪入心"[1]命名他的第一部诗集——相信人们在面对诗集封面上的这四个字时，会与笔者有同样的感触，那是一种驱赶不走的凄苦与仿佛浩劫之后试图遗忘的手势，一种大悲大痛之后的平静，却又使内部郁结更重的心理构造运动。这位少年白发的诗人，这位常常与诗友豪饮无度，纵情谈笑的诗人，其诗中为何总是有如此"含血之悲"，以致常常令人读后感到莫名战栗、甚至震惊，甚而至于要迅速掩卷才能平息这种过度之悲带来的情绪。这种诗中与诗外的反差，仿佛网络时代线上线下人的差异，如此迥然不同，以致笔者一开始颇对此不以为然，认为其诗即便不属于矫情，也有过度渲染之虞。然而，如果笔者仅仅这样理解诗人，则未免就流于浅薄了。凡是读过王竞成为一百个女诗人和一百个男诗人写的诗，凡是读过他的长诗《燕山夜话》的读者，都不会仅仅把王竞成看成是一个用技术抒情的诗人，或者是用"临时的情感酝酿"作诗的诗人。他几乎总是能"切中要害"，用他独特的情感语言和从少年时代就开始积累的诗歌阅读经验，把数以百计的女诗人和男诗人写得"入木三分"——这里所谓"入木"，既有肖像画意义上的写实主义，也有着德拉克洛瓦式的"充满激情地爱上激情"，充满挑逗的视角带来真实的触觉，使得诗人的主观成为诗人的写真——我们仿佛看到这些女诗人和男诗人坐在城市的某一隅，与诗人有过那么真切的、近距离的交谈，他们呼吸着同一家饭馆或咖啡店里的空气，目光交错之时，一些身体内部的细微的信息被录了下来，当它们进入诗人王竞成的作品，便仿佛成为博物馆里永恒的雕像与碑铭——事实上，百位女诗人与百位男诗人并非全部与王竞成有过面对面的交流，大部分印象是从诗人们各自的诗歌作品中抽象出来的，因此，"肖像"确切地说是"精神的肖像"，也是他们的精神的礼赞。他们中既有纯洁的天使，又有放荡的女神；有毕加索式的"阿维尼翁少女"，也有凡·高的情人，波德莱尔的"恶之花"。可以说，在那里，有怎样的女诗人，便有怎样的王竞成——他引诱她们，又拒绝她们；他带着尼采式的轻蔑，又谦卑地仰望她们。正是他如此狂放恣肆地变换着姿势，裸露着姿势，使得"对象的真实"同样如此赤裸地凸显了出来——她们几乎是不可怀疑的，是理想与现实结合的"个体真实权利"的至高体现。男诗人的肖像同样与诗人王竞成缔结着一种精神联盟，他们是武林大会中的侠客，也是唐吉诃德式的、浮士德式的传奇；是王竞成自身的延伸，也是万里山河中王竞成自身足迹的代述者；带着王竞成的现实与他们自身的德性与诗性，既独响成歌，又汇成了王竞成自身的精神史——这是从沂蒙大地上苦菜花一样低落、朴素、悲情中抬起头来的一段罗曼史，但它不是短暂的，而恰恰是王竞成精神中的标记之一，是与生俱来的那种诗人情性。一百首给女诗人写的情诗，写得放荡、含蓄、赤裸；又同时有鄙薄、尊敬、怜惜、赞美——像大地上每一粒饱含热泪与欢笑、欲望与期待、诱惑与热爱的种子，像原野上奔腾不息的四季与百兽，只有一个骨子里装着诗神符咒和浸淫着诗性烈酒的人，才会忘记那层人类编织了数千年的精致面纱，围着百花，手舞足蹈，忘情歌唱。就像繁衍的季节里，大自然自身庄重的生命仪式，神圣的使命；就像鲜花着锦，烈火烹油，诗人的燃烧与盛开，正如一棵树高举着它的花朵，如此富有象征地定格于历史的瞬间——人们或许要质疑它是否在鼓噪，质疑它是否在献媚——这样的偏见正如观众自身的盛事，但如果他们看一眼古老的沂蒙大地，那么，他们或者要为这片土地上成长起来的诗人由衷地庆贺，在那片曾因革命而嘹亮起来的大地上，无论几度沉寂，几度黯然，却始终孕育着一颗颗自由不羁的种子，它们的悲喜都是怒放的，斗争的，不屈的——正因为如此，一百首写给女诗人的情诗和一百首写给男诗人的诗，更像两次起义，它们是从苦寒的、孤寂的、受压抑的大地上揭竿而起的春天，如同梁山好汉的一次聚义。在诗中，诗人汇聚天下英雄，煮酒论剑，诉情志、洽谈诗道人性，图谋人间正义，批评弹劾，畅所欲言。凤歌凰音，雌风雄姿，浩荡淋漓。

也许更具有超拔气象的是长诗《燕山夜话》，它既有《荷马史诗》的雄风，又有汉赋的繁丽，同时又有着楚辞的典雅浪漫与巫歌般的神韵。在那里，燕山仿佛于沉寂千年之后首次打开了话匣，滔滔不绝，无拘无束，山间回荡着历史风云，战马长嘶，铁戟铜戈，帝王城池，皇陵枯骨，一度浮现，它们与诗人的现实交互穿梭，重叠、应和，如同神迹般地起伏跌宕。而诗人自喻"我是燕山的长子"更是如同惊雷，神魂超然，庄严高峻，衣袂含风，烈烈有声，其风流难掩，庶几为现代史诗中的绝美——王竞成几乎是古代的，这位常年浸淫于历史剧和政治新闻中的诗人，时时流露的是帝王家没落弟子式的颓废，仿佛他的骨子里果然残存着宫墙废墟，果然有着一种"小楼昨夜又东风"的回眸，果然是一曲昔日辉煌不再的悲歌——某种程度上，正是这种难以自弃的没落情结，缔造了诗人王竞成在他大部分诗歌作品中体现出来的宗教般的、先验般的悲情。它与沂蒙大地的素朴似乎是有冲突的——从现实主义出发，笔者当认为这种悲情是从沂蒙腹地曾经的贫寒中培养起来的。但是，沂蒙儿女显然不只他一位，而成长中的沂蒙也显然并不总是低沉、悲苦的，相反，她正在日益明亮起来，远非诗人王竞成骨子里那种淹流不去的寒凉。有鉴于此，笔者更愿意唯心地认为：这是一种宿命般的悲情。当然，这无关诗学。但指出诗人王竞成的这一历史情结，却能够更好地帮助我们理解，王竞成诗歌中的那种常常流露的至深的悲怆。然而这样说，又可能把王竞成拉向一种耽于历史幻想的浅薄境地；而如果我们果真这样理解了，又将是读者自身的荒诞。尽管如此，笔者同样不认同一种仅仅基于人生际遇所产生的悲情——正如贝多芬的《悲怆》并不完全来自听觉丧失的灾难。因为在他如此投入地与听觉做斗争，并以远不逊于听觉失去之前的完美的作品向听觉本身宣布胜利时，《悲怆》就恰恰与听觉灾难之间变得毫无瓜葛了。诚然，就连贝多芬自己也并未意识到这种"瓜葛"的消失。但如果听众从《悲怆》中听到了"听觉的超越"，那么，读者是否也能从王竞成的诗歌中看到对命运的"口诛笔伐"的斗争？看到同样的"超越"？虽然文字对苦难的超越，并不像音乐对听觉的超越那样来得显著，然而，这种微妙的距离已经接近我们最真实的感悟：音乐家的听觉丧失冥冥中道出了诗人的某种至关重要的东西的丧失。它是什么？是A，还是B？

如果我们要从哪位诗人身上看出一种俨然的"诗歌的宗教精神"，那么，这种"看出"乃至这种"宗教精神"的提示就只能来自那些如仆役般侍奉于诗神的那些诗者。然而诗神对于有些诗人的待遇，就如音乐之神对于贝多芬的待遇。贝多芬在失聪之后曾如此悲叹："但有些时候，我竟是上帝可怜的造物……隐忍！多伤心的避难所！然而这是我唯一的出路。"贝多芬只能从事音乐，正如王竞成同样以诗歌为其人生命中注定的事业，而其他的行当都成了副业。他每天与诗歌为伴，经常深夜还在博客上写诗，仿佛恪守着与诗神的契约。他从诗神那里并未得到富足的褒奖，但是诗神似乎依然很乐意看到他夜以继日地朝圣。这种关系就像诱惑与被诱惑的关系，后者甘之如饴、殚精竭虑、至死不渝，而生活在某种意义上恰恰成为诗人伺奉诗神的阻碍，以致诗歌总是在诅咒生活，这种内部的对立使生活黯然失色。然而，生活越是在诗歌面前黯然销魂，诗歌便越是高昂得如同王子——这种距离让诗歌对生活有了一种陌生的视角，它每一次都能从生活中发现新的"耀眼的黑子"，它炫耀着它，并为之迷惑和沉醉。一种极浓郁的苦，一种发酵的愁，一种弥漫的毒，一种深入骨髓的伤，成为诗歌的自恋，成为它无法摆脱的美学情结。在另一方面，与其说诗人普遍是自恋的，毋宁说他们更能无情地扒开社会林林总总的表面的风光，把一种丑陋的伤口赤裸地公示于众——与其说，那是他们自己的伤口，不如说那是社会的伤口——所以，一位看上去悲观的诗人更是一位像美国的伊肯斯那样的现实主义画家，伊肯斯的艺术主张就是要把他看到的如实表现出来——他画过一幅关于外科手术现场的作品，叫作《格罗斯医生的临床课》（1875年），这幅画现在挂在费城杰斐逊医学院中，曾经因为画面过于残忍而遭到"庆祝美国独立百年费城艺术展"评委会的拒绝。就像电影法典对过于残忍、血腥、暴力的内容进行尺度限制一样，人们普遍地对现实中的血淋淋的伤口有着某种忌讳，或者说有着普遍的恐惧。诗歌虽然没有绘画那样具体直观，但语言展示伤口的能力同样是强大的。那么，是什么原因促使艺术家们把这种伤口的现实视为美学本身呢？难道它不正是一种对普遍的修饰和遮盖的厌倦？不正是对虚假的、伪善的普遍麻木的反抗？如果人们普遍是粉饰的，那么艺术家仅仅是做了一个相反的动作。他们为这个相反的动作感到畅快淋漓，甚至深深陶醉其中，因为普遍的"无伤口"，恰恰反衬出伤口本身的锐利与力量。

　　然而，王竞成的诗是现实主义，又远非现实主义；

同样也不是超现实主义的。他是一位诗歌的信徒、牧师，同时，又是词语的加冕者。这三种身份，代表着他在诗歌写作生涯里的三种际遇。作为诗的信徒，他宁肯一无所有，也不愿放弃诗歌；作为牧师，他竭尽绵薄之力办了一份诗歌杂志《黄河诗报》，来为诗歌布道传教；作为词语的加冕者，他追逐词语，捕捉词语，用自身的精神赋予它们灵魂，让它们跟随自己痛哭欢笑——在《接近深夜三点》中，他写道："我是一支箭／锋利的光芒，照亮词语的灵魂／而我也不过是词语的袈裟／我们一起在深夜坐禅。"诗人对"我"与词语之间这种自觉的主体与客体意识，就像裁缝对布料、雕刻家对石头的意识，它是艺术家对材料的迷恋——艺术家总是不停地揣摩着材料，并企图赋予它们各种灵魂与造型。不过，作为诗歌的信徒，王竞成总是有一种在半空中抓住了那一刹那的灿烂，无法落地，无法上升，身无所寄，而又恐与灿烂一同坠落深渊的无助感——这种无助使他悲伤。作为"词语的袈裟"——这是何等的自诩，何等的荣耀，然而又是何等的虚无——他仅仅是词语的附庸，一个全部灵魂献给了词语的虚空者。因此，他又常常自觉像出家人，又像鬼魂，寺庙、禅、亡灵、墓冢、死亡成了他诗中最频繁的拜访者。在《雪在远方徘徊》中，他写下："前世是冰的亡灵，今生是花的鬼差"；在《致沂水》中，他写下："在这个村庄的公墓中／有我参与建设的唯一房屋/安放着我魂牵梦绕的亡灵";在《家在燕山凤凰亭》中,他写道:"一条白水河是我的信使/一座白水寺是我的禅房";在《山上的春天》中,他写道:"白水寺在春天打坐/步步莲花在心里盛开。"他常常缅怀古人,追悼烈士,母亲及其坟茔更是无数次出现在他的诗行中,凡是他所到之古迹,他总要为逝者写下几行诗,与历史并肩散步,晨昏之间,秋雨之下,冬雪之中,夏日骄阳之下,皆如沐春风,如晤故人。也许,正是因为他与历史有着如此"一见如故"的亲切感,他写死亡,写逝者,才更像是与生俱来的熟悉,就连春天也在他笔下一反常态,有了黛玉般的命运——他在《领养春天》中如是语:"我在燕山上招呼一声,春天就过来了/她弱小得像风中的一颗露珠……谁都可以踩她一脚……她没有姓氏也没有家/她是时间之父的一根肋骨/她是时间之母的一滴泪花"——仿佛是另一个世界的美学,在那里,悲情也许成了狂欢,或者竟是盛世之景。诗人体内的温度和气候恰恰是这个世界幸运的土壤和阳光。

二、酒国行吟中的"谪仙人"

"对酒当歌,人生几何"——诗人中不乏好酒者,不乏像李白那样的以酒为墨,以诗为歌的存在。但是,他们的酒量或胜过李白,诗却不如李白洒脱,他们大多为生活所累，为功名利禄所累。现代人或许在更多意义上倾向于一种集体的现实主义，他们整体上比古人更理性，更谨慎多虑，也就更不自由。现代人不像唐代那样集体崇尚诗歌，这意味着现代诗人不可能凭借一首诗，一夜之间便"洛阳纸贵"。无疑，李白之所以被称为"谪仙人"，不仅因为他诗写得豪放不羁，而且在现实生活中也保持着一种"不事权贵"、率性放达，无拘无束的诗性状态——而这恰恰需要一种全社会支持诗歌的气候。然而，即便是在诗歌气候良好的唐代，诗人们的个人际遇也迥然不同——李白显然要比杜甫幸运得多，这位受过帝王召见的诗人，在物质生活上看来要比杜甫宽裕得多，杜甫不得不为柴米油盐发愁，而李白却似乎无须为此操心。李白嗜酒，不惜用"千金裘""五花马"换酒，杜甫不仅不敢，即便敢，也根本没有此等豪奢之物可供之挥霍。那么，作为现代人的王竞成，又如何能成为像李白那样的"谪仙"呢？他有家财万贯吗？有一颗不事权贵的"天真之心"吗？他的诗有李白那样的自由狂放吗？我们这个社会有足够支持诗歌的拥趸吗？这是四个关系到"谪仙"本质和"谪仙"原型是否能再现的问题。

无疑，李白并非腰缠万贯的巨富，李白也并非视金钱、仕途如粪土之人，但是，无论是财富还是仕途，在李白看来都可让位于人身自由。作为一名杰出的诗人，李白并非不知人间疾苦，但众所周知，他的诗很少正面描写现实，而恰恰具有乌托邦的倾向。他以诗歌为人们描绘彼岸自由之邦，描绘人间最繁华富丽的景致，并表达自由之可贵，一曲《梦游天姥吟留别》，以天姥山幻景之游写尽"不甘为世俗功名羁留，不屑为富贵摧眉折腰"的自由意志。某种角度来看，酒不仅是李白在自由和物质束缚之间、现实与理想之间的调和物，也是帮助李白逃脱世俗枷锁的神物，凭借酒力，李白才得以选择了一条自由之路，并因此而在诗歌艺术上取得了非凡的成就。他虽然未像杜甫那样矢志追求为朝廷、国家效力，以图实现个人价值，却同样以他独立自由的人格和超凡脱俗的诗歌赢得了世人的尊敬——现代诗人王竞成，在某种程度上与李白如出一辙。他同样嗜酒，同样以诗为人生之要务，又几乎同样落拓不羁；他同样有些高朋贵友（正如李白也一度颇受帝王达贵青睐），却又仅仅是君子之交，没有权钱交易。他的诗歌虽然未像李白那样登峰造极，却并不缺乏基因上的浪漫主义和骨子里的诗性风流。然而，李白登上的山峰是唐代的山峰，抑或整个封建社会的巅峰——事实上，唐代的极盛，乃是李白这朵封建主义美学之花得以盛开的宏伟背景。王竞成要攀登的却是一座未知的山峰——在整个近现代美学史上，我们很难说，艺术与其整个工业世界是截然对立的，但也不能说，在艺术那里，不存在这样一种明显的对立倾向。换言之，如果现代主义美学恰恰与现代主义的世俗社会立场相反，那么，诗歌作为艺术中的一员，就很难说，它会受到某种普遍的世俗社会审美力量和意识的一致的尊敬和推动。因此，在那里要产生一种时代自身认可的伟大性几乎是不可能的。也因此，笔者作为个别的评论者也无须负责任地指出某个领域自身内部的可能性，我只能说——所有的诗人，在那种意义上，都站在与时代自身的运动相反的轨道上，他们有的在写田园诗，有的走在乡村现实主义的路上，有的在写政治抒情，有的在性解放的阵地，有的在写道德伦理，更多地在写爱情——工业的逻辑与这些人性的层面保持着一种严肃的距离，这个距离几乎同时是带着嘲讽的面孔的。如果说诗人在修复"人"，那么，工业却在千方百计地辗碎"人"。没有一种艺术的主义是长久的——在机械强大的权威前，在它齿轮无情向前转动的噪音前——除了后工业主义取代前工业主义，除了社会主义替代资本主义（在哲学上体现为前历史哲学和社会哲学被后现代文化哲学所取代）——正是在这种背景下，王竞成的诗歌，恰恰成为这一背景自身的"要求"——在那种情况下，任何反工业的斗争，任何与工业的妥协（比如打工诗，作为一种工业的诅咒与工业场景紧密联合起来，工业就此宣称它有了自身最合乎时代的美学，诗歌在这里实际上居于下风）都是表面上的繁华。相反，流连于自然山水，历史古迹，追怀古人，与山水通情则成为一种"人"在他自身这个时代的主观性的消失，它不是反对，不是干预工业自身的进程，而是在某种断裂的韧带上，宣布"人"的时代功能的彻底停止——"人"去了另一种境遇里，他远离故乡，在某个山间流浪，在古代的废墟上流浪，即便是完整的古迹，对王竞成来说，同样只是精神的残垣，它们总是象征着逝去的一切。正因为它是"伤逝"的，因此，它与王竞成的"悲情"又是如此气味相投，再平凡的古迹，在这位诗人看来，也有必要像熟人那样打个招呼，并且嘘寒问暖地写上一首诗——仿佛他们同为历史人物，而诗却相反地成为历史对今天的追忆。诗人的足迹遍布大江南北：黄河岸边、燕山、长城、凤凰山、洛阳古城、平阳古城、丽水南明山、瓯江边、龙泉、洋溪湖畔（范公亭）、兰亭、五台山、香山、罗湖口岸、西湖、浣纱江……他忙碌地穿梭于自然与历史之间，某种意义上，他的行吟诗不仅是游历的标记，也是他最重要的精神财产。他的诗写生活与古代诗人如出一辙：一样地喜欢在所到之处留下诗行，且总是喜欢以诗赠友。这种古代人文精神为何在王竞成身上重现——这个唯心的问题对读者来说也许并不重要，重要的是，我们因此发现了一种古典的交流方式，一种以诗会友，以诗为日记，为精神自传体，以诗对话传情的古代文人正统——这一区别于其他现代诗人的特征，同样说明了一种逍遥于现实之外的状态，当然，也包含了对我国古代文人气节的那种专注的复兴意图，包含了对当下时代负面精神的拒绝与批判。这个世界寂静得不像人间，当雪花落下，"行走在外的人，刹那间头白""昆虫消失"；但是依然有无声的喧嚣——石头却"把人类从苦难的海底／拔上岸"。那些从自然的原野中波动、泛起的人的隐喻，在整片原野中则作为一种"听不清"的低语而存在着——事实上，这是一种普遍浸淫于现代诗人作品中的"自然的剧场"，不过，这种"剧场"的风格有所不同，如散文诗人灵焚的"剧场"是两性的权力方式剧场，而爱斐儿的"自然剧场"却是植物功能话语（药理学意义上）的情感化技术再现。王竞成的剧场，无疑是一种"巫歌"式的神秘剧场，诗人仿佛一位巫师，而意象则成为可供之任意调动的天兵，小至一只蚂蚁、一片红叶、一块石头，大至一座山峰、一个故乡、一整个江南，都在它们自身之外扮演着一种角色，这些情感对象的载体，符号化的道德和任何一种标尺，拒绝向现实坦率地交代，却总是蕴含着指批现实的化学力量——它们代表着诗人意志的不停言说，当诗人说《我要说动这些石头》时，石头就是愚公门前的大山；但是"说动"本身却意味着石头存在的合理性，意味着诗人说服石头的方式近似于"祈神仪式"，近似神秘力量之间的互相较量。当诗人说《颜回在秋天朗诵》时，孔子的形象再次赫然横跨两千年碑铭般地屹立人前，圣贤之德在颜回的反复朗诵中强调着诗人作为道德的星火传递者那种不可驳倒的雄心和决心——那里同样潜藏着一种克吕塞斯[2]向阿波罗祈祷的声音。这种不是戏剧胜似戏剧的言说方式，对王竞成来说就像天然的演说，不需要精心构造，不需要辩证地设计，它们有时轻如一阵风，有时快如一个眼神，有时只是左手轻轻一挥，有时却像王者那样高慢冷峻，有时又像尘埃那样低落匍匐，忽然又恢复到人间正常而纯粹的温情。它是一种瞬间的悸动和刺激，刹那之间的风云，而不是长久的酝酿。但是这种"瞬间"非常之多，因此在整体上看来，却更是一种天然整一的戏剧，仿佛诗人正是自然和历史的同盟，他们之间没有修辞，没有隔膜，甚至也不像儿童式的对世界的天真的好感与亲近，而是成人之间最平常的交谈，却又是最严肃的邂逅，带着宗教般的宿命。"听不清"是对这种自然剧场本身方式与社会场疏离的某种恭维，因为其中的暧昧几乎含有对"不需要人们作过多停留"的坚持，因为"过多停留"即意味着自然要被"真实地人类化"，历史要被"真实地干预现实"，而这是违背诗人意志的——诗人的言说停留在"花非花、雾非雾"的美学策略上，停留在个体对历史遗产的表彰式的占有中。他一面用诗歌的簪子轻轻划过时间的表面，一面却依然云淡风轻，或者以远低于现实的温度在他自己的时空里"自由歌哭"——这种"歌哭"，即上文所说的"至深的悲怆"。

某种角度而言，至深的悲怆即至深的狂欢。正如一个人在深夜倾听他体内最浓重的色块奔涌向缺口，在决堤之时的那种淋漓尽致的宣泄和释放。诗人如此率性，以致忘记了隐忍——而这无疑正是自由的意志，是"谪仙人"那种无所顾忌的"酒神之舞"，它类似秦腔与绍剧（虽然这两个剧种对王竞成并不构成某种更深的历史渊源），但在最富有情性的表征中，我们看到的或许恰恰是华丽的昆剧——它旖旎而来，却带着纯粹的诗人意气，并执意使用完全的诗人之权利。

或者，在这篇序言的最后，笔者还应当补充说明：生为诗人，王竞成的全部精神都充满了诗歌本身的那种审美运动方式，而这种运动又与酒息息相关——诗酒构成了诗人王竞成的全部激情、悲伤、快乐的核心，正因为如此，他才能专注地分别给百位男女诗人题诗而不受其他审美对象和外部社会因素的干扰——他的诗正如酒与酒的附会，诗与诗的招魂。这是一个相对封闭的领域，它限定只有诗人才能理解诗人；同样，也只有酒徒才能理解酒徒。不可否认，诗歌本身的属性是社会的，而诗人同样是社会人；但是，对王竞成来说，诗的维度恰如呼吸的维度，不能一时离开，也几乎不能在别的空间维度上更自由地活动——这不是"诗歌圈子"这样一种单纯的职业空间精神所阐释的"限制",也不是"诗艺术中心"所能够阐明的那种技术生存和技术热爱,而是一种天生的审美偏执,一种以诗为人之基本底色的"种族主义"。也正因为如此,王竞成的诗,无论是技术的,还是直抒胸臆的都有了这种"种族"的本色——在他更直接的悲伤中,更赤裸的激情、更单刀直入的社会批判中,在他企图修辞地进入词语的魅惑世界时,他的诗,都带有他自创的那种"种族"的色彩——它们有时看来是原始的,有时又看来是先锋的——它们是古罗马的田园诗和素朴诗,也是诗经和汉代民谣的,同时又是后现代的。某种意义上,《一只奔跑的神兽》既有这种"种族"的王者的自喻,也有一种历史的图腾之印象的再现;既有古老的原始部落之动物崇拜,又有对诗歌本身的那种至高无上的礼赞。神兽奔跑在诗的原野上,孤独、悲情,而又骄傲;浪漫、矫健,而又颓丧;既是斗争的,具体的,又是虚无的,抽象的。因此,神兽正是王竞成及其诗歌精神之最精要的概括。当然,"种族主义"在这里并非指狭隘的种族偏见,相反,它是指从生理到精神都一致的那种诗性本能和诗性情怀,它更多地反映了一种民族的本色,一种源远流长的血统,这种血统在全球化时代或许是被世界色彩所遮盖了的,而它在王竞成身上却得到了重现。它与流派,与自觉的地方特色不同，而恰恰是纯粹的、从大地上原始生长起来的话语，它似乎并非经历演化的模式化、时代化、群体化的限制性语言，而是从无声到有声的更辽阔的"自我发现"。无疑，这种"自我"乃是万物的原色，既有神性升华，又保留着野性的冲动、对文明的无动于衷，和彬彬有礼。这种原色的坚持，乃是对物化社会的疏离，也是对生命自身骄傲的自诩，令人感喟，令人惊讶。

是为序。

2016年12月12日

注释：

【1】诗集《掩泪入心》，王竞成著，中国文联出版社2001年出版。

【2】克吕塞斯，荷马史诗《伊利亚特》中阿伽门农的祭司。

· 序二 ·

眼角眉梢总带情
——评王竞成短诗

马知遥

王竞成是一个充满情义的人。在他这三百多首短诗中，满篇的深情，有对父母双亲，有对心中的爱人，有对艺术和诗歌，有对故土。他的诗歌越写越内敛，越写越深入内心，即使是在写外部世界也是在审视内心的需要。当他这样做的时候，我们看到一个忘我的王竞成，这个本可以在其他行业发家致富的人，正把自己的财富和精力贡献给文学和诗歌。也正是他的忘我，令人在他的文字背后能真实地感受到一个抛却现世功名利禄啸傲江湖的真人。

在短诗《小溪的情书》中诗人写：

　　多少年只写了一行
　　弯弯曲曲寄向海洋

　　短短只有两句，却有千钧之力，这形象的画面，同时具有比兴的效果，借所咏之词表达着内心的坚贞和不可抗拒的信念。爱就爱得这样执着这样一如既往，爱得如此浩荡。在外人眼中清浅的小溪却能汇成浩瀚的海洋，这样的爱日积月累足以撼动人心。

　　在《为什么呢》里，诗人这样写"为什么会喜欢上诗歌/满天的星辰啊/有多少爱与痛聚集我的体内/我零星的甘露能扑灭几颗飞扬的尘埃/遍地的野草啊/我短暂的青春怎能从故乡绿到天涯"。这样壮烈而不失热望的呼唤可以代表多少代痴迷诗歌，并将文学理想建立在诗歌王国之上的赤子。他们爱上诗歌，就等于爱上了贫困爱上了孤独爱上了心灵的煎熬。因为诗歌是敏感的，诗歌是真诚的，诗歌是炽烈的，爱上诗歌就爱上了真理就爱上了纯洁。我们的现实生活并非处处令人满意，诗人就是现实中最痛苦的一群。甚至可以说诗人是另一个性别，他们有英雄的豪迈有时候却有女人的柔情，他们的内心如此细腻、矛盾、阳光而充满幽暗。所以，他爱上星空，爱上了自我挣扎，爱上了理想和浪漫，其实就爱上了痛苦。让青草一路绿到天涯的理想是如此绝望。

在《雪后的月亮》中，诗人写：

> 天上的母亲
> 一朵朵降生的雪
> 都是您的孩子
> 我是其中最小的一粒
>
> 但愿我是一个短命儿
> 精血回归大地
> 来年春天
> 岩浆一样沸腾的思念
> 长成您墓前的草绿
>
> 母亲　您在天堂永恒
> 儿跪在地下守灵

对亡故母亲的思念，让诗人如此血性的诗歌，肝胆相照地表达什么叫爱，什么叫没娘后的绝望。母亲似乎活在天上了，我就是那一颗从天而降的雪花。这样美好的意象经过诗人的描绘突然有了别样的含义。在他心中，他就是那粒雪花等着早点融化并早早化成春泥，长出绿草，只为了守护在母亲的墓前。丧母之痛痛彻肌骨，只有真正的亲人离逝，才有这样的悲情流露。

　　在诗歌《在山上》中，诗人完全将自己融入自然，和石头的对话中，我们看到了淡薄和对时世的透彻认识。人们把名字刻在石头上希望不朽，希望自己就是山了。真正的大山并不轻视人类而总是在人类堕落的时刻让他们感受到生的希望。诗人在和山对话其实在告诫着人类的虚妄。《燕山夜话之深秋》这首诗歌同样在检视人类的生存，探讨生之意义。在诗人眼中，"浪得虚名的时间在时间中腐烂/它们都将死去 所有的名声/一块充饥的面包满山秋色/胜过一个诗人的桂冠"。一切功名都可以如流星瞬间消失，而人总归要回到他来的地方，所有人的结局不过就是一抔黄土，当看清终极的命运，人类是否该珍惜那些温暖的生活，珍惜那些曾经忽略的幸福。

　　　上山砍柴下河提水

　　　守着出生的老屋品尝生活的盛宴

　　　几只母鸡小院里啄食

　　　眯着眼睛看一只只下蛋

　　　浪得虚名啊那是青春的浪漫

　　　一个诗人的头衔

　　　怎抵得上一日三餐的清淡

　　是的，当经过之后，这样的感触是如此理智。在一个承认自己是诗人需要勇气的年代里，努力做一个好人，一个健康的人比做一个落魄的诗人来得更加完善和值得。因为人生还有许多值得我们珍惜的所在。当教师们在宣扬诗人的伟大的同时，理智的诗人们已经开始看到了过去光耀的虚假面具下悲壮的所在，所以敢于承认诗人的不幸和幸运是诗人的勇气，让孩子们揭开诗人命运的光环，让更多人体会到诗人之苦，并理智选择艺术之路，未尝不是好事。当我们了解了生存比其他虚无更重要时，生命的尊严才找到了正途。

　　在诗歌《趵突泉短歌》中，我们看到了诗人敏感地对待时光的感慨。"名气大了/水小了/难道是英雄气短/还是江郎才尽/你这七十二泉的大哥/也老了/心血来潮的澎湃/日日见少"。这似乎是英雄末路的悲哀，也是对中国式英雄或者名人的总结。当功成名就后，大多数人在光环中忘记了局限，也丧失了激情。如同经常干旱的趵突泉水，让多少仰慕它的远客失望而归。

　　诗歌《月亮》如此凄迷，令人垂泪。八尺男儿出此断肠之诗，这就是诗人的离奇之处，在他们的世界深处，藏着常人觉察不到的深情，秘密的深情。诗人是人类灵魂的引导者，他替人们找到哀情，找到诉说不出的怨艾。他其实通过文字，给人们的心灵找到了抒发的通道。读这样的诗歌，一个悲哀的人在悲哀后会振作，因为他知道，在这个世界上有和他一样在团圆夜中仍旧漂泊的人。似乎生命就在时间的河流里打捞寂寞。

月亮要中秋了

她憋足了劲

要圆

圆还不够

要亮

她的样子

看上去失魂落魄

她赶路

她离故乡越来越远

中秋

天下人团圆

她一点一点

破碎

她，这轮绝色的月亮，一步一行，她的美令人醉。这是世上最美的月亮，坚强地用笑脸迎接团圆，但却是在步步远离。这样的美是写满悲声的，只有张爱玲这样的民国临水看花人似乎能懂。能配上这样的绝艳！

在他的诗歌中经常出现的是大雪，经常写到的是燕山。燕山是他目前的居住地，而"大雪"意象则贯穿了他多年的创作。在诗歌《燕山落雪》中，我们可以看到诗人个人理想的独白。借助一场大雪，诗人说："燕山雪携带星光　月色/而来　更多的天籁/甚至流水的节奏/凝结为漫天飞舞的晶体/山上的树　一夜花开/行走在外的人　刹那间头白/鸟声绝迹　万径无踪/突入而至的白使天上星辰坠落/人间尘埃消隐/深秋的黄栌　枫树也心慌意乱/这是一场真正的独白/白得冷峻　白得万劫不复/它让骨缝中的黑也戛然而止"。人心的阴暗似乎只有希冀一场大雪的清洗，而那象征美好和纯洁的大雪此刻如同诗人的独白和宣言，他似乎看到了雪的力量，也看到了雪的无畏。正是在与雪的亲近中，诗人将自己融入大雪，呼喊着内心的力量，用自己的信念和尊严书写那粲然的白：洁白无瑕，问心无愧，可以阻挡再大的黑，包括来自人性的黑暗。是宣言是独白还是檄文？诗歌的多种可能都得到了显现，而且用词讲究，手法娴熟，充分地显示出多年诗歌训练和人生历练达到的游刃有余。

　　王竞成的诗歌创作量大，质量上乘，我只选其中的一小部分短诗评之，透一斑可观全豹。我相信在今后的阅读中，仍旧有不断的惊喜出现在我的视野中。

2010年1月2日晚

目录

一、短诗

短　诗

燕山落雪

燕山雪携带星光　月色

而来　更多的天籁

甚至流水的节奏

凝结为漫天飞舞的晶体

山上的树　一夜花开

行走在外的人　刹那间头白

鸟声绝迹　万径无踪

突入而至的白　使天上星辰坠落

人间尘埃消隐

深秋的黄栌　枫树也心慌意乱

这是一场真正的独白

白得冷峻　白得万劫不复

它让骨缝中的黑也戛然而止

燕山柴门之春雪

长出一片片春雪，无根的水的浮萍
柴门前我停下来，想起程门立雪的传说
枯枝圈起的这片山中空地，谁家歇息的菜园子
很久没有人推开了，春雪用了多大的力气
柴门也没有发新芽、长绿叶
燕山的灰喜鹊从高枝上扑棱棱来了
低矮的柴门过去也是大树上的枝干
灰喜鹊想必曾在这些枝干上筑巢
干枯的柴门落满雪，灰喜鹊飞走了
没有栖落，它看见柴门还在
就飞走了，柴门上的雪花也想飞
柴门锈蚀的芽眼，锁住了春雪飞翔的翅膀

净心而坐

下午的阳光，郊区的时间之水
周围的神也失去开口言语的心情
苍穹之上，空寂的虚无灵翼翔飞
思想是生命多余的负担，而我的肉体
是物质舍弃的尘埃，净心而坐
安然领受天命，佛也成为我的使者

燕山柴门

雪的一生这样度过

不依附权贵　逃离上苍囚禁的宫廷

来到人间　它没有去豪门

攀附娇艳的桂树　也没有去都市

拉一棵法国梧桐结亲　它偏偏生为山野的孩子

抱紧干枯的树枝　想让这些死去的枝干复活

想用自己的爱　滋润出一个发芽长绿的春

默默地在柴门上耳语　说的是土话

说的是乡音　直至自己又一次涅槃

也忘不了　继续寻找生命的根

风咬过的月

咬了一口
远离故乡的人
就有些发呆
摸一把半夜的青草
沾带的几颗露珠
重得举不上头顶
再咬几口
那还了得

风咬过的月
你的伤痛　心里发芽
长大一棵竹子
渴望深夜

横你为笛
吹那寂寞的笛孔

风咬过的月
十五的晚上
我的心
抵达你的缺口

一只蝴蝶消失在人群里

一只昆虫的消失
黑色的翅膀连同它的斑点
一起消失在人群里
光明也随之暗淡
蝴蝶飞翔的重量
缩短了夏日的缓慢
立在北回归线上
一只消失的蝴蝶
陌生的美感
离去的空间
占领我的视线

小溪的情书

多少年只写了一行
弯弯曲曲寄向海洋

月亮升起来了

月亮升起来了

安静与皎洁

使每一块石头也思念故乡

冬天来临的燕山

我想我应该回家了

父亲老了

我是父亲晚年的眼神

深夜一声咳嗽的回应

这么多年了

父亲的牵挂使他日见苍老

想起这些　山上的寒霜也厚了

那是我的自责与愧疚

在海拔再高的山上

我也是父亲的儿子

异乡　雾大　夜长

月亮一次次地圆　一次次地升起

这他乡明月一次次的焦虑

月如钩的日子

它叼着一块块云彩

像鱼饵

此时　我就是一条揭去鱼鳞的鱼

想咬钩　却飞不起来

今夜　月亮又升起来了

它圆的样子　就是亲人围坐

那是一个家　父亲就坐在中间

环绕父亲的那一圈亮光

没有我　我是父亲心里的惦念

是父亲座位下抽泣的阴影

月亮升起来了

冬天来临的燕山

它的安静与皎洁

使周围的冷　更加刺眼

想起父亲　深夜的寒气转暖

我想我该回去了

父亲晚年的孤独　要一点点暗淡

为什么呢

为什么会喜欢上诗歌
满天的星辰啊
有多少爱与痛聚集我的体内
我零星的甘露能扑灭几颗飞扬的尘埃
遍地的野草啊
我短暂的青春怎能从故乡绿到天涯

雪后的月亮

天上的母亲
一朵朵降生的雪
都是您的孩子
我是其中最小的一粒
但愿我是一个短命儿
精血回归大地
来年春天
岩浆一样沸腾的思念
长成您墓前的草绿
母亲　您在天堂永恒
儿跪在地下守灵

在山上

在山上
石头是唯一的大家　它不开口
它呈现绝壁　悬崖　陡峭的山峰
雄鹰俯视过它　云彩环绕过它
人类攀登过它　为了提升自己的高度
甚至劫持一块块石头　雕琢为碑
刻上自己的名字　以为自己就是山了
幻想的永恒寄托在一块块石头上
不朽　成为多少人的呓语症

在山上
坐在一块石头上　你还想永恒吗
每一块石头的历史都是我们人类的总和

石头没有鄙视人类的短暂

它是温暖的　它爱着我们

它的海拔　是人类生存的支点

它用巨大的手掌　把人类从苦难的海底

拔上岸

一把酸枣

这些刺结的果
扎伤蝴蝶的舞姿
或伊的手指
长成了红
酸吗　那是心疼
甜吗　那是爱情

燕山夜话之黄昏

光明的时间隐于黑暗的密谋

山林只有神灵行走

众鸟集体停止歌唱

暗下来　这个影子都拒绝诞生的黄昏

燕山凤凰亭迷恋于一场雪的幻觉

史书渲染的大如席的雪花

这个世界无力承担那么大的白

如今黑成了白的向往

一只飞翔山顶的流星

选择的也是黑的路径

一个登高的人手握的也是黑的力量

黑是黄金　权力　色相

黑是幽灵聚会的夜宵

它们分享话语与诗意

它们在黑的荒诞里灵魂会被神取走

他们不知　他们的肉体里塞满阴影

石头与星辰挡住黑的渗透

黑的潮水漫上来　它淹没时间的外壳

像一块煤　遇见火

黑就逃走

像一个人　遇到神

记忆就被掏空

鸟不鸣　星不闪

黑漫上来　像一群黑色的山羊

低头吃草　不抬头

它是黑　黑没有脊梁

黑是夜的恐惧

它失眠　焦躁

一夜黑的天气愁得漫天白

或雪或光　或是神灵摄取了黑的魂魄

燕山夜话之深秋

浪得虚名的时间在时间中腐烂
它们都将死去　所有的名声
一块充饥的面包　满山秋色
胜过一个诗人的桂冠
山中细数百鸟的叽喳
尘世的倾轧不去留恋
羊肠小道也能够抵达山顶
黎明或暮色都有新鲜的光线
云彩是浮生的一片片时间
七色的光环转眼飘散
刺眼的流星昙花一现
它的美是陨落的劫难
浪得虚名啊总要回到故乡

一抔黄土掩盖离家远游的遗憾

上山砍柴下河提水

守着出生的老屋品尝生活的盛宴

几只母鸡小院里啄食

眯着眼睛看一只只下蛋

浪得虚名啊那是青春的浪漫

一个诗人的头衔

怎抵得上一日三餐的清淡

红叶赋

她的红是心火　一辈子的痛
爱过风雨　爱过飞鸟
雀斑是一只只蝴蝶的烦恼
喜鹊儿至少懂得一种方言
邻居是一棵银杏
这棵幸运的银杏啊
结满的果子是一种药
黄栌看得自己脸红了
周围的姐妹们
你们有你们自己的色彩
飞到画上去
天上的云彩路过
也羞于低头
红　仅仅是一个眼神
瞭一眼　心跳就窜到喉咙

九九重阳

登高　此地无菊

黄栌与枫树　红的红　黄的黄

还有它　一座寺庙

白水寺　它的名字是故去的和尚

从白水河一勺勺舀上来的

登高　海拔问问那只喜鹊

鹰去哪里了　秋风追得紧

河岸一条小道　落叶互不相让

它们回家　路上都是泥土

山顶在那边　让云去登吧

走到半山腰的白水寺

这里是我登高的尽头

遇见佛就是高处了

再高的山或云朵　都在佛的心里

哪里高哪里低　佛知道

下山　我要回家

家在故乡　去世的母亲在家等我

趵突泉短歌

名气大了

水小了

难道是英雄气短

还是江郎才尽

你这七十二泉的大哥

也老了

心血来潮的澎湃

日日见少

月亮

月亮要中秋了

她憋足了劲

要圆

圆还不够

要亮

她的样子

看上去失魂落魄

她赶路

她离故乡越来越远

中秋

天下人团圆

她一点一点

破碎

秋天的羊

它的白是与生俱来的

在人生的中年　在秋天

遇见它　一只羊

悠闲　随意　在山岗上散步

偶尔抬头望望云彩

偶尔低头沉思　更多的时候

它在平视　没有目标

秋天的草它好像吃得乏味了

看上去它几乎没有食欲

无所事事的一只羊

牧羊人忙得来回奔跑

这只羊还有几个兄弟姐妹

不够成熟　总想离开牧羊人的视线

下午的黄昏　这只羊在山岗上飘动

像一块云彩掉在草地上

太阳落下去了

从春天啃草啃到秋天的羊

它的命运结束一生的白

进入永恒的黑　它的黑是草的颜色

是罹难的草　又经受一次宰割

故乡

故乡是一小撮土
我的泪合成泥
抱住母亲
停止跳动的心脏
又是秋天了
母亲
五年前打湿您坟头的
第一滴泪
还是热的
母亲
五年啊
我胸腔中的块垒
是给您修坟的一块块砖
挤压在一起

我要说动这些石头

它们的坚硬成为海拔的脊梁

成为悬崖的帮凶

鹰敌视的目光

使燕山微微驼背

九龙山还是虎视眈眈

它想吃掉一个个帝王

九龙口是燕山山脉的一个毛孔

风水再好　　冒出的也是雾气

燕山盘踞在太行山的一端

多少帝王长生不老的梦幻夭折

凤凰亭上的一块巨石

挡住了紫气东来的吉祥

在燕山离朝阳最近的地方

这些巨石是礁石的后裔

它们翘首望向东方

它们的祖先骑在鱼背上

成为岛屿　　成为大海的高度

我一部分诗歌来自山上

这些汉字
我提升了它们的海拔
却懒于给它们命名
就散养在山上
落雪的日子
看它们像羊群
春天　它们又像花朵
也可能会成为墓碑
或一座山的主峰
我用鞭子教它们发音
用时间使它们长见识
它们差点在所谓的灵感中夭折
现在几乎是诗意的早产儿
我更多的时候
把它们看成我的后裔

娘　儿子把您丢了

娘　儿子把您丢了

儿子哀求了五个秋天的落叶

一起找您

成千上万的叶子

带着儿子的悲伤上路

娘　儿子等到飘雪

盼到小年　秋天出去的落叶

一片也没有返回

娘　儿子经常梦里看见您回来了

醒来才知道

那是深夜窗外失眠的月光

娘　五年了您去了哪里

您拖着衰老　病弱的身子

走了多少异乡

娘啊　您咋越走越远

您的脚向前踩一步　都踩在儿子的心上

娘　儿子不哭

儿子用这些痛

喂养一年年的沧桑

娘　会有一天

儿子像一片片叶子一样

去找被儿子丢失的您

娘　您不要那么狠心

一点消息也不带给儿子

娘啊　您就给儿子托一个梦吧

告诉儿子您在天堂的哪个街道哪个村庄

娘啊　是儿子不孝

您的病体没有医治的药方

娘啊　是儿子无能

不能叫阎王误写我们的故乡

娘　儿子知道您走得心不甘

您的手一直抓紧儿子的手

说不出的一大把话塞进儿子的手心

娘啊　儿子知道您还有很多很多的话

卡在喉咙里　娘啊

那些话吐不出来就不要吐

等儿子找到您　吐在儿子耳畔

娘啊　儿子每一年都会哀求落叶

去找您　直至儿子成为泥土

等秋天的落叶跪下来　哀求儿子

我大多数时间在山上水边

上山我不捉鸟

在河边我不捕鱼

看河水顺其自然地奔向远方

望山岳无所畏惧地跃上天空

守在水边我不逐流

立在山顶我不攀高

在生与死　天与地之间

一片树叶就足够我一生的轮回

轻　一粒霜就可以把我击落在地

重　我能够托住太阳

离家出走的母亲

揣一把小梳子，拄着拐杖
深秋倒伏的秋凉中没有一声虫鸣
母亲，家没有留住您最后一口气
儿女围坐您的身边，母亲
生命的火熄灭，竖起一缕烟
魂魄直立行走，方向就是飞天
母亲，我们拉不住您
您的灵魂撕开阴霾的云团
遗存世间的遗骸，挖掘大地的硬壳
儿女的心脏，母亲
儿女惦念您到达何方，母亲
走了咋就捎不回一点音信，母亲
哪怕梦里您推我一下，母亲

您就当我还是一个不听话的孩子

狠狠打我一个耳光，母亲

我不疼，我只要您的掌印留在我的身上

一个女人在诗歌里复活

灵魂是蓝色的，天空的某个角落

居住着一群走向天堂的人

停留，在时间之外

天堂是一个幻觉，要去的永远不能抵达

流星一盏盏神灯，提在忘川的手里

不知道谁的魂魄飞向大地

土与水，重生的劫难

复活是又一次死亡

轮回是苦难的一个句子

在词语中产卵，紧紧抱住双肩

披散的长发，大海呼啸的余韵

蓝色的词语的内脏

鱼鳞闪光，一个姓氏繁殖的秘密

故乡思念的眼泪，顺一条小溪

追问，沉默的礁石

千年也没有说出，哪一朵浪花的来历

大地什么时候变成了一个躯壳

灵魂在天堂与地狱间徘徊已久

拒绝一切复活的可能，文明与历史

存在与毁灭，归于海洋

那蓝色的，经久不衰的低语

时间的水域

无际的蓝浪花在游弋，白的瞬间
海鸥飞翔，这是生存的一种姿势
沙滩积攒了数不清的脚印，在涨潮与落潮的时
差里
消失殆尽，沙子的故乡与我的村庄有关
它是我家乡一块石头的后裔，那块死去的石头
已经经年
沙子的伤痛早被海水洗去铅华，麻木的光泽没有
河流的一点影子
鱼都拒绝上岸，岸上那些吃鱼的家伙都和猫一样
喜欢腥味
一条条河流都被他们吞下，风化的故土只在传说
中流传水灾

礁石是哪座山的私生子，不敢带到陆地上行走

血缘的脐带啊，留在咸涩的深海

触礁的船也埋怨礁石与风浪的报复

大海是文明的巨大墓地，腐烂就是不朽

逗留人间的文明，充满铜臭

世间一切河流狂奔堕落为海洋的一朵朵小小的

浪花

天空漫游的云彩都梦想成为大海的一滴眼泪

海洋的深度就是历史，海洋的宽度就是时间

蓝是海洋文明的纯度，盐水有多少大海就有多硬

在时间的水域，我羡慕一只水鸟或一尾鱼儿

飞翔或畅游，自由是因为有岸

陆地或天空，岸是宽广的尺度

她说我们屋后的石头是石佛

心里有佛，才有那样的感觉
我们抬头看见的石头，是几万年前海龟的化石
海水都走了，海龟留下来
它等我们，度他成佛

我在燕山上捡拾了一袋子诗

蘑菇还小，它是一个逗号

成不了一句话

有棱有角的石头

遍体鳞伤打磨成尖锐的锋刃

灰喜鹊在吵

它说不喜欢夜莺的流畅

不知道名字的鸟儿

也叫喊，燕山上的树那么多叉

缤纷的意象使出门的雏儿迷路

我走羊道、穿峡谷

跟着下山的小溪

摸索着回家

燕山白水寺

断断续续的香火是孤独的
没有一个和尚肯留下为它守灵
白水寺能留住的，就是那三尊石佛
它们相依为命，在燕山的一隅
寺前白水河的水不再白
时间都黑心了，还有什么不能黑
白水寺坐北朝南，南面有什么
挡住目光的山脉，风水先生也目光短浅
白水寺或许喜欢清静，禅的最高峰是四大皆空
白水寺还剩下一座小庙，也只能在燕山的脚下
修炼

去世的母亲来到燕山

去世的母亲来到燕山

故乡小院中母亲那最后的微笑

成为相框里永恒的天使

远离家乡的母亲

好像不习惯异乡的居住

就在那里

望着我写诗、不说话

母亲瘦了

木制的相框开始收缩身子

我想

母亲想家了

我擦拭照片的时候

落在上面的尘土有些潮湿

母亲又老了

相片日见泛黄起皱

我有些心酸

让去世多年的母亲

陪我背井离乡

你是一坛绍兴的花雕

尘封多少年，寂寞可以酿成酒香
乌篷船载满激情，江南的深秋上岸
花雕的故乡，只有一个缺口
梦中梦见的深度，是酒窖储存的时间
一圈圈的年轮，是火的温度
举杯，我就醉卧小巷的幽深
你凝眸的火焰，是珍珠蚌开合的节奏
即使戒掉千种琼浆，也难舍花雕一坛的阳光
我一口口地抿，把西施故里的遗韵带到北方

乡村的父亲

苦了一生
挑了一辈子的累
该享享清福了
您却走了
儿女们悔恨地一次次流泪

父亲　乡村的父亲
您一生问心无愧
耕耘乡村　抚养后辈
与邻为善　和为贵

父亲　乡村的父亲
多想再陪您喝点小酒

吃一顿家里柴草烧的风味
聊一聊天旱雨涝的季节
您却再也不开口
静静地躺着
好像还牵挂着田里的春苗
家中杂七杂八的大事小事

父亲
多想扶您起来
到山上走一走
去水边看一看
那洁白的苹果花
那绿油油抽花的小麦

父亲　您是不是太累了
忙里偷闲休息片刻
泡杯茶的时间
都不舍的
渴了就捧几口泉水
热了就让山风吹

饿了呢　冷饭填肚

大葱咸菜也吃得津津有味

父亲啊　乡村的父亲

苦了一生

挑了一辈子的累

推着爬坡的小车

咬着牙　也不吭气

父亲　您就这样走了

如果有来生

让儿女承受您受过的罪

父亲　您就这样去了

如果有来世

您还做我们的长辈

父亲啊　乡村的父亲

儿女的心

在您的碑前

长跪

行旅中的风景

在蛇山和龟山之间
长江是我最后一滴眼泪
千年之水
这两山对峙的痛

黄鹤归来也就罢了
偏偏留下一座楼的遗恨
这是冬季
江边一阵阵清冷的寒意
催我归程
江南寻芳像雾上的花
目送江水远逝
是啊　流水无情
谁让你的心在汉江里扎根

中秋月

泪花湿了家乡盘中的月饼

缺牙的母亲　咬住

远方的儿子

我要回家

赶在中秋月落下之前

车　错过钟点

家乡盘中月饼

失眠

伸去的手

怎么也摸不着

熟悉的门环

走向小雪

有风卷走了
枯萎的忧伤
将脚印
渡入秋霜

走向小雪
没有收获也无妨
一棵树孤独太久
怀揣芽期待春光
一个人相思太多
白了发也不关窗

小雪
我来得太迟
就让爱打几个巴掌

守望田园的父亲

麦花开了
守望田园的父亲
手心就有一种渴望
想那锋利的镰刀

父亲
执着的田园诗人
以朴素的抒情
构思响亮的诗
收获的日子
就读到精彩的章节

习惯了

在太阳下构思

好雨水

押着诗的韵

好年代

葱茏诗的真

艰难一生出版的诗集

也同季节一样

五彩缤纷

父亲作诗的姿势

我注视了很久

老人对土地的心情

是一笔无价的财富

勤劳的美德

深深感染了他的后代

守望田园的父亲

是一部深沉丰厚的书

虽没有什么深奥的象征

弯下腰耕耘

挺起胸望星
这平凡的语言
足让人品味终生

中国梧桐

梧桐　曳满我的村庄

一朵朵淡紫色的花

飘落

我宁静而忧伤

梧桐更兼细雨

遥远的心境　我无法企及

凤凰会落上那一片叶子

我久久模仿　你挺直的脊背

静默注视　你守望蓝天的眼睛

苦水在哪一个季节流淌

中国梧桐　我进入你诗歌的空间

花纹里　滑行一趟

朴实的含蓄　以清脆的速度

抵达阳光

等待凤凰的人

在那里乘凉

喳喳叫的喜鹊　向这飞翔

中国梧桐　你的天空

是鹰的海洋

窗外

小心地收藏

对面楼上

溅出的温暖灯火

责怪他们

不珍惜家的芳香

远方的角落

与泪一起闪光

沉默不语

静静和我对望

隔一条风的河

寒流的浪花喧响

一尾鱼远离故乡

在其间　游荡

相思裸露

找那件回家的衣裳

这条河很长

流淌的寂寞

精心给我梳妆

窗外站得太久

有些风景

总让人神伤

海上浪花很多

每一朵的灵魂

开在小溪的故乡

遥望天堂

立在鸟停留的地方
遥望天堂
那只鸟被猎人吃了
我相信
鸟的灵魂在飞翔

站在祖辈坐过的地方
遥望天堂
祖先被时间吃了
我知道
祖辈的亡灵　是那青草的光芒

坐在一把木椅上

遥望天堂

树的眼泪　咬的周身透凉

我看见

一把木柄斧子

砍着自己的鼻梁

遥望天堂

恨和泪

悄悄收藏

如果有爱和善良

留给大地

感化苟活者的心肠

悬空寺

开在绝壁上的一枝莲花，北魏栈道上的灯盏

驰骋嘶鸣的战马呼啸而去，震落花瓣上一滴滴时
间的露珠

汇聚成河，流向未来的汹涌浪涛；一浪浪冲洗历
史的记忆

攀援而上的悬空寺，鹰一样停留在出生的童年

行走千年，没有越线半步；也没有跌落一寸

风雨飘摇中悟道，李白仰首的一声惊叹

"壮观"，到今天迟迟没有坠地；仍然在山峰间
回响

希拉穆仁草原上空的云

悬在半空的雪山
飞天的哈达
大地上一朵蓝色小花
遮盖草原

家住小燕山

我行进中的床就安在燕山的肋骨上，恰似挂在半
山腰的云朵

居住的 29 号楼像在登山，燕山的肋骨就是石头修
建的一层层台阶

打开窗子我的面孔就贴在燕山的峭壁，鸟巢距我
乱蓬蓬的头发几米之遥

漫山遍野的深秋像我生命的一个界碑，我也是一
个熟透的果子快乐的腐烂

家住燕山，冷意的深秋没有一只燕子肯留下在北
方过冬

亲爱的只有你喜欢停下来；陪我寻找燕山里的
红叶

我们相拥围坐在卧室，就能望见燕山大雪在狂风
里飞沙走石

小燕山大雪

那是历史上的记忆，我在小燕山猜测那场大雪的
深度
见过大雪的人与雪一样融化了，留下的痕迹就是
传说
我在想象大雪的姿势，它如何覆盖时间的黑暗
它飞到小燕山安慰饥渴的石头与干燥的沟壑，大
雪的身子喂养了一条条河流
大雪落地生根，小燕山现在的雾气还飘散着那场
大雪的影子
如今是冬季，小燕山没有落雪的征候
季节也得了绝症，雪也成了医治气候的难求的一
味中药

秋天，我是你一块成熟的伤疤

腐烂的伤口，留下一块记忆
我卑鄙的躯体与灵魂，沾满时间的尘埃
血管的河流早已污染，我骨头里在举行细菌的
盛宴
江山是王的，美人也躺在王冠上闪烁
秋天，我是突然断电的黑夜
电流是落叶的哭泣，我就是泥土将要收藏的秘密
在金黄的风雨飘摇之中，我与幻觉一起旅行
庙堂中的一次次跪拜，我在祈祷佛佑护我的亲人
也在试图保佑一个女人的灵魂，纯洁的可以成为
干净的妻子
我在腐烂的大地上，寻找抵达一个女人的理由
挖掘宿命的水，使复活的伤疤燃烧

我爱，不能拒绝身体的堕落

也做不到灵魂的死亡；在你暗涌的漩涡

竖起一根骨刺，周围的黑淹没花朵的苍白

九月，我是一朵花的露珠

消失是一种姿势的暧昧，滚动在九月

闪电进入时间的伤口，金黄的转身的河流

冷意的秋凉，多少深夜光一点点破碎

渴有着无数的理由，守着黄河也拒绝不了九月的

清露

谁的乳尖鸟翅下颤动，闸门是一朵花衰败的花瓣

花的路径与线条，在九月怒放绝唱

露珠是九月的粮食，九月的花朵吞下整个秋天

秋天所有的露珠，也不能拯救花朵的枯萎

在九月，小小的一颗露珠在你花蕊上晕眩

亲爱的！回到你的巢中作茧

一个词回到另一个词，从梦到梦
亲爱的！温度是一种细腻的速度
骨头靠近骨头，响声来自衰老的节奏
低一些，再低一些；姿势像一个漏斗
心跳与呻吟经过的路径，一些无懈可击的秘密
岁月的思念长高的羽毛，淹没井台的花边
坐下来，坐得深入一点；茧是一条活虫
在你巢中化蝶，飞吧；在黑暗的隧道挖掘光明

拿起我！

拿起我！这巨大的力
治疗你与生俱来的疾病
亲爱的，你黑暗的世界需要燃烧的灯盏
亲爱的，你灵魂的火山需要暴风雪的洗礼
亲爱的，拿起我！像一把刀劈开你
孤独的时间与寂寞的石头，成为水
成为飞翔的蝴蝶，瀑布的尖叫
悬崖陷落的幸福，亲爱的
拿起我！你登上云梯；看见天河涌动的潮水
亲爱的，你是暗无天日的唯一出口
死去活来的闪电雷鸣，就是你追风的姿势

秋天，我是你乳房里的一阵疼痛

金黄的电流一只虎的阴影，穿过河道的暗涌
飞翔的落叶就是开满水面的浪花，成群的鱼在路
上死亡
抵达，遥远的苍茫；谁的乳房此时坠落
夕阳一样灿烂滚圆，像绣在天边的胸花
秋风里摇曳颤抖，奶水是欲望的病毒
遏制细菌的滋生，欢乐隔一层时间的露水
果实，挂在高处的果实；是最先腐烂的眼神
摘采秋天的神经，是温度与速度的挖掘
疼痛到达的电流，灼伤莫名的冲动
幸福不要停止，天空喊落雷鸣
闪电，闪电；瞬疾的闪电是一道光
那么多力量积聚，像一棵成熟的高粱尖叫
奔向天空的姿势，拉长秋天的雁阵

秋天，我要点燃你

悲凉的秋风中，行走的光暗下来
飞翔的叶子停止衰老，这是死亡
我也暗下来，细菌一样的滋生爱意
接近你，接近你；时间留下的空隙
细节，删繁就简的细节；一个秋天
只能跋涉一条河流，深度
晕眩的深渊，上岸的影子
就是呼吸，一盏灯；照亮遥远的潮水
转身，秋天死亡的花朵；我要点燃
你复活的姿势，春天开始的姿势
拒绝重复的伤痛，我要点燃你
在你伤口的深处，你的血淹没点燃你的火焰
秋天，我要点燃你
你的眼神，倒下一条通向温暖的道路

秋夜

此时的寂静，月亮也停止了呼吸

躲藏在另一个世界的怀里，亲爱的

我想秋夜是准备露珠的花轿，消失的虫鸣

拒绝给冷寂的梦伴奏，今夜星星也红杏出墙

我的嫉妒那么遥远，成熟的枣子

你也偷走一颗，收藏进你的花房

亲爱的，树叶黄了；飞走的知了是你的记忆

你也那样在夏天鸣叫，我熟悉的节奏

就像一条河流的起伏，多像你的身子吹满麦浪一样的风

俯视大地的天空，像我的思念；落叶一样腐烂在泥土

我要背着时间去找你

亲爱的，行囊就在我的背上
我挥霍的所有时间都在云彩收藏的一朵水珠中
忘记一粒尘埃的姓氏如此艰难，天空高原
大地寂寥，生命突然秋水一样透明
其实我们并不遥远，从根须到花蕊的距离
就是一条河流的旅程，从时间到时间
我们总在从异乡到异乡中，失去故乡
诞生的那一刻起，我就注定去找你
哦，死亡！

我在秋天收割你的身子

神的意念，一片草原或一条河流不能形容的时间

你是一封被拆开口的挂号信件，谁误读后束之
高阁

灰尘是岁月积攒的哀伤，打开你就听到文字声声
叹叹

不是一棵玉米或高粱，也不是成熟的果树挂满
遗憾

你的身子是淤积的火焰，是月亮上的水织成的
锦缎

你的身子轻的像一缕跳跃的光线，却留给我黄河
一样重的思念

你像海水一样妖娆

一浪高过一浪的潮水也不过如此，礁石在沉沦与
凸起之间
成为暗礁或岛屿，都是千疮百孔；隐藏的每一滴
眼泪
是贝壳张合吹奏的潮音，长笛手就是扬帆的桅杆
大海拥有从此岸到彼岸的高度，事物的核心是帝
王端坐江山之上
版图与海洋的曲线是海水妖娆幻觉的蓝，是白光
镶嵌露珠的花边
腹背受敌抑或四面楚歌，晕眩的海底游荡逆流而
上的鱼群
咸咸的海风呢喃为盐的背影，怎样的妖娆才使归
期化为乌有

这双手

一个乡下老太太走了
这无关紧要
但　她是我的母亲
我紧紧握住她的手
想把母亲留在黎明
可她就像那一晚上的星星
早被乌云遮盖

母亲温暖而干瘦的手
像两只冰冷的桨
在深秋的早上
划向未知的河

就是这双手啊

把我从母亲温暖的身体里抱出

千遍万遍地抚摸

可是　今天这双手

像干枯的河

已听不到流水之音

看不见波纹之美

两岸的绿意沉寂

岁月的河岸断裂

这双手　我紧紧握着

拉向我的胸前

就像拉着一条即将断流的河

慢慢移向我的心里

深秋走了

母亲　在深秋走了
抛弃了整个冬天

母亲本来有可能遇到一场大雪
可是　母亲走了
给儿女们留下了珍贵的礼物
思念之痛和伤心之苦

小院的月季花还在开放
一朵朵盛满天堂之泪
母亲走的时候
哪一朵月季花开
哪一朵月季花落

我不知道
只看见所有的星星凋零
这是黎明
然后是兄弟姐妹的哭声
不知惊醒了哪一块云
天空落了一阵雨

母亲就这样走了
去了没有季节的天堂
母亲就这样去了
到了无法寻找的忘川

母亲到了另一个世界
是一个新生婴儿
我听见了
她的哭泣

从细小的地方出发

一个眼神的弧线可以忽略不计
多年前在心里已经留下伤疤
像一根银针在血管里穿行
出口被时间愈合
痛从细小的地方渗漏
皮肤上的汗液般掺和着盐的暗伤

汗毛是日夜积攒的思念
卑微地倒伏在毛细血管的岸边
偶尔抬头
看见寒冷收缩了记忆的腰身
从细小的地方出发
夜色拒绝了方向

背影是太阳种植的一堵墙

月亮下红杏只剩一个核

从细小的地方伸出的芽

扎着两个小辫

一道门有一把钥匙就足够了

弧线留下的伤疤不要裂变成肿瘤

异乡人

我的存在填补不了城市的空白
一个异乡的男人
说出的语言就像地下挖来的红薯
沾泥带水的身子
穿过北京的十里长街
嘴含着老祖宗遗传的发音
和才听来的京腔
在舌尖上卷来卷去

习惯了在小道的中间行走
进入都市的双脚开始练习
贴紧马路边的动作
陌生的面孔像一张张变脸

碰撞的视线不会拐弯

一年年向前走
住在这里感觉也像出差
异乡人
像进了寺庙的游客
不会念佛也想吃斋

苏绣

生在小桥流水人家

满口的吴侬软语

两千六百年的历史

遍身针眼

每一个针孔

都是水乡的桥洞

山光水色　花鸟虫鱼

一不小心

就被那根丝线拉去

踩一双纤手上岸

上去就不再下来

走一段苏州评弹

天堂女子听得入迷

失了神

乱针刺一个

烟花三月的江南

在遥远的异乡

异乡不再是一个词　它对语言的认同

与身份的确定　携带的影子

在时间中飘游　借助雪说出模糊的记忆

苍茫　遥远的　村庄　河流

行走的大地　切割不同的经纬与命运

在停止迁徙的城市　飞鸟从不一样的方向

飞来飞去　风来自天涯或海角

路过或消失　都撑开自己旋转的母语

涂满地域韵律的一对翅膀

这个异乡　是被流放的方言

比较学在流行　肤色的各异

并不是闻见花粉的蜜蜂　过敏

纯粹的乡音　被感冒病毒感染

落下一个　字正腔圆的残疾

所谓的普通话　在老家就是南腔北调

京味从异乡人舌尖上　卷出

像一个没有上过舞台的后生　姿势与节奏

汗珠般乱滚　跌是跌不倒的

他的角色就是给这个城市　跑一跑龙套

偶尔　仰望星空　也没有皇城根弟子的脑袋

高贵　头还是要抬的　脚下的那块砖

不会被土地抽走　乌云压顶也不一定就下雨

也许沙尘暴　也要做异乡之魂

在和不在　遥远与异乡

都扩展不了时间的萎缩　也缩短不了思念的延长

夜晚中的故乡

街道睡去了　胡同也打起了呼噜
黑夜里更黑的是思念　寂静是一只猫的爪印
比孤独的印痕暗淡　老鼠伏羲的时间
已经陈旧　狗在一堆草上
守着夜色在小院　膨胀
大门关闭之后　月亮跳墙而入
树枝擦伤的肌肤　渗出细碎的光泽

夜晚中的故乡　日子一天比一天短
时间一天比一天长　熟悉的河流
被梦截断　上涨的水位　淹没
离家后的影子　鱼群是记忆的鳞光
响声点燃黑暗中的方向　星子在遥望中坠落
月亮行走的身子　仅剩下沉沦的侧影

瘦弱的骨架　支撑不起美人的一颗痣

嫦娥的广寒宫　青草已经绝迹　玉兔觅不到可口
的色香

下凡人间　在老乡家笼子里做起了奶妈

纯白的长毛　像一个寿星的胡子

不失仙风道骨的神韵　这方水土　受孕的精灵

在母语中失眠　根植故乡的童谣　夜晚洗礼的一
部圣经

比所有的土地沉重　远方的天空

朗诵故乡的方言　夜晚中所有的故乡

都是回家的灯盏　遥远的距离　在思念中越来
越短

在这一点上，黑夜是完美的

她缝合了所有光的伤口　灯有了说话的可能

谴责一些猜测　某一点不是行走的界碑

深度被忽略的路径　凸显高度的柔软

世界上最完美的事物　一个词无法代替

灵魂与灵魂　在拥抱中战栗

节奏如原始的挖煤机器　一把锹

抡起的半径　响声惊动了地球的胸腔

内部的黑夜　构造完美

就像嘴唇　吃饭之外

还有多种功能　接吻是最简单的动作

上下一碰　流言就可能比黑夜还黑

一切被否定之后　黑夜第一个流产

死亡也是完美的　就像生命某一点上欲望的膨胀

运动是时间的迁移　语言设置的屏障

隔不断摩擦的呻吟　一切都在进行
形而上失去汉语韵律的时刻　本质的古典没有
改变

接近黄昏的时光

这是一次命名的逃亡　时光以一个动词的身份
扮演一个角色　比喻撞向火车的野兔
医院太平间等待仪式的贵宾　凡此种种
都是时光携带的充饥的粮食　接近就是还没有到
达的欲望
语言的现身　总让那么多声音消失
陌生的发音来自遥远　就像黄昏深处
黑夜心脏跳动的节奏　从古至今的生命没有死亡
他们只是隐藏自己的面孔　被祭奠与回忆的是
时光
时光是流失的水　经过河道的过滤
回到大海的子宫　涨潮与落潮是时光的一次次
月经

母语是最远的时光　第一次受孕

难产的历史　就是文明对时光的第一次命名

黄昏是时光的另一张面孔　在黑夜中又一次接近

黎明

夜，潜伏在时间中的蛇

诡异　隐秘　芳香来自古代
有一些神性　穿着光滑的时光
行走的身子　靠角度的变化产生魔力
迷恋　恣肆　敞开蛇的洞穴
小人君子都一个德行　姿势的区别不是区别
弯腰进入原始人的房间　他们的衣服是摆设
挂在博物馆壁柜里　学者的眼看见的也是裸体
一条蛇经过怎样的痛　才蜕变为黎明
夜潜伏多久　怀上的种也坐不上龙椅
打蛇打七寸　美人的细身怎舍得腰斩
一条蛇蜿蜒在时间的胸脯上　人面兽身的颠覆
毁灭了道貌岸然的宁静之态　美以丑的面孔
呈现人性灿烂的原始　潜伏不是一个词
它是来自久远的奔跑　在黑夜中被时间套住

弥留

老屋。虚弱得睁不开眼睛
两个窗户关闭，寂静。一把刀
挖着时间的心脏，倒吸气的声音
忽略不计；灯光臃肿塞满陈旧的角落
悲伤围坐，想挡住死神的造访

黎明前的夜，黑的恐怖。天空阴翳的一张脸
浓郁的看不见一丝皱纹的缝隙，像一场阴谋
在老屋上空，伏羲。窥视，有点不地道的气味
一双手，血色暗淡；凉意渐渐升温，脉搏偶尔
闪现。像走进一口干涸的深井的底层
黑暗，沉闷……窒息的感觉压迫的胸口
就要膨胀，晕眩；坠进深渊

之际，声音；颜色，温度；弥留

爱，哀伤；牵挂，语言消失

六点三十六分，雨和泪巧合在一起

飞舞。灵魂远游，老屋坍塌

一根撑起家的大梁，崩断

炊烟熄灭，母亲羽化

弥留，温暖的笑容；没有了往日的滋润

哪怕咳嗽一下，让我们再听到那熟悉的

带着乳香的方言

隐语

春天的漏洞

一个词，修补的速度

追不上姿势的呈现

欲望是一个缺口

一朵桃花上醒来

说说往事，想想记忆

雨水，抽芽

还有两岸韧性的呼吸

方向在黑夜走失之后

名字像一个路标

寻找到一条河流

水中取暖的鱼

是一个人身体的影子

眼神的痕迹，飞鸟经过的路径

蓝天搁浅，一棵大树像土地长高的梦

迷恋春天的漏洞

云急促的奔跑，它知道

短暂的初春，雨水的深浅

与自己的脂肪厚度有关

传说也就罢了

闪电和雷鸣的一次次言说

被风演义成韵事

那么多句子，在树的主干上

找茬，一个词

深陷细胞和语言的迷宫

隐语，缩短的时间

其距离的长短，在果实的内心

挖掘

春天，我是一朵花的蛀虫

春天，我在一朵花的花蕊里
取暖
她鲜嫩的姿色
在我贪婪地吮吸下
日见夕阳

我是一条小小的蛀虫
会让一朵花在陶醉中死亡
她兴奋的极致
是黑夜到白昼的距离
梦呓中她说出真理
她呼喊雷电和春雨
她在死亡里再生

她在快乐中
拉长一条蛀虫的胡须

她梦的果实
是蛀虫的后裔
一条蛀虫点燃的灯盏
让花朵纷纷逃离树枝

龙泉黄包车在雨中疾奔

这是吃饭的看家本领

双脚没有在瓯江里划桨

落在陆地上一高一低

生活的节奏在雨中没有一点浪漫

高贵的青瓷与神奇的宝剑

属于坐拥江山的皇帝与贵族

百姓只有低头拉车

龙泉是一块宝地

盛产香菇、青瓷、宝剑

雨中疾奔的车夫也是当地土产

他们也想抬高头颅

活得青瓷一样的珍贵

宝剑一样的耀眼

哪怕像香菇诞生一样

先经受腐烂的磨难

再收获千年美味的灿烂

这些都不可能

龙泉大街上

黄包车跑出命运的曲线

车夫在雨中疾奔

凸起的脊背披云挂雨

气喘吁吁，车夫们哼一曲

异乡人听不清的苦涩乡恋

好像遥远的瓯江号子回响

拉纤人、包车夫

水上陆地，这就是风水轮流转

青瓷、宝剑，香草、美人

与他们无缘

有谁知道他们的双手才是龙泉的金钻

有谁明白幸福就是平平淡淡

那棵杏树上的杏子小小的就落了

那么小，青涩的婴儿的眼神一样的亮

还没有酸味儿，醋味儿

杏树叶儿中间露一会儿藏一会儿

看见阳光还害羞呢

碰到雨滴还害怕呢

黑夜里一个劲儿挤兑杏树叶儿

胆小的小杏子

乳臭未干的小杏子

毛茸茸的小杏子

咋就落了

你小身子里有虫儿

那么小，像我看见你的一个念头

像早熟的一个想法

夭折的酸甜

小小的杏儿，落在地上

无人捡拾

不成熟的果子

命运就是腐烂

总比长大了红杏出墙

高贵一些，纯粹一些

小小的杏儿

你也应该是幸福

庆幸没有长大

被好色、吃酸的人类蹂躏

白水寺断想

无僧的白水寺

少了撞钟的节奏

山水不再押韵了

无僧也好

谁说有僧

就会撞钟呢

有僧　有钟　有寺庙

是一景

无僧　无钟　无寺庙

也是一景

了无趣

也是一景

多长的时间

香火会燃尽

看那香灰

像我的尸骨

佛说：这骨还不够白

一些黑

是私心

杂念

我很想做一只昆虫的父亲

今天是父亲节

我的父亲远在故乡

燕山上很多昆虫

不知道它们有没有父亲

昆虫们在山林中

寻找生活的意义

我在拥挤的尘世里

为生存而奔波

我很想做一只昆虫的父亲

时常听到昆虫的鸣唱

不用担忧它的未来

昆虫的世界单纯的透明

没有翅膀的昆虫可以爬行

有翅膀的昆虫自由飞翔
我试图走近一只昆虫
想做这只昆虫的父亲
又怕它拒绝
那只小小的昆虫
一直在燕山的树林里
不肯认我这个父亲

君子兰，你去了哪里？

君子兰，你去了哪里？

我一路寻找你的花魂

整个夏天我守着你的旧居

潮湿的阳光看到也失神

你虽然只是一株有灵性的草

君子的品德胜过多少活人

难道你厌烦了这个尘世

看清了世道的水浑

曾经多少个昼夜

看你花开

我知道那是清气在人间降临

你开得芳香四溢

醉了时光也醉了近邻

君子兰，你去了哪里

为何不辞而别远离凡尘

是否怨我天地太小

是否怪我不够深沉

你走了

我失去了挚友

正义在这个世界无法生存

我千万吨的哀痛在呼唤

君子兰，回来吧

你是手持利剑的花神

吴冠中的黄河

你的黄河是狼毫为桨

摇动中华民族母亲河的胸腔

墨色是历史沉积的黑

心跳是文明闪烁的光

你的黄是黄河的脊梁

这种颜色是炎黄子孙的故乡

木舟是倒下的大树

缆绳是岁月的沧桑

波光粼粼的魂魄隐匿于泥浆

几千年朝秦暮楚的江山更迭

抵不上一朵黄河浪花消亡的哀伤

黄河在写意中永不断流

断流是天下苍生的饥荒

吴氏黄河在拐弯处决口

决口是狼毫为民请命

拍案而起的宣纸有惊无恙

这一条黄河向东而去

它的主人为寻觅黄河之水天上来

驾鹤去了西方

吴氏要找到黄河的源头

吴氏要在水墨的中国

找到治理黄河的药方

远方的寺院

他们远吗
一只只佛手
这慈航之舟的橹棹

秋高云淡
他们就在头顶行走
我是一炷香燃尽
落在俗世的灰尘

五台　灵隐　普陀　正觉
他们是我胸腔的脉搏
大地辽阔
何处安放我的灵魂

远方多远
远就是近
距离是度的分寸
在遥望之中
佛光一米米拉近

在成都去唐朝追星

我去过一次成都
放弃了去三星堆
与古巴蜀王国国王
对饮的机会
三十多岁的时候
我还追星
那次我犯了诗人的毛病
去唐朝拜访杜甫
杜甫草堂的主人
在大厅接待了我这个粉丝
我很羡慕杜甫先生
那么大的草房
那么大的院子

我开始怀疑杜甫落魄的真实
盛唐是一个崇尚诗歌的王朝
那么大的一个诗人
沦落的居无定所
最后被好客的成都收留
离开杜甫草堂的那一刻
我突发奇想
没有这么大的草房
我也乐意留在成都
做一个游吟的歌者

悼诗人王竞成

在适宜死亡的季节
给自己在世间租用的肉体
写下未来的悼词
我的躯壳是动物的分支
行走尘世的迷雾之中
侥幸以人形混迹大千世界
苦乐是一朵莲花
爱恨是一只乌鸦
王的后裔诞生草民之家
一生无为
成为语言的俘虏
诗歌的仆人
小溪里低吟浅唱的小鱼小虾

单纯得像一颗露珠

有云的幻想草的卑微

岩石一样坚硬的灵魂

结出一颗颗山民的思想之瓜

活着与时间对弈

胜了败了

从哪里来到哪里去

租用的肉体欠下一笔租债

还给讨账的一堆土渣

燕山大雪

我在仰望一场荡涤尘埃的白日梦
所有的白能够淹没世上一切的黑
只有光明活下来，温暖这个冷血动物的人间
燕山的石头是忠诚的，它睥睨云的高度
棱角分明的石头，坦然展示自由生长的个性
正义的盾牌隐居山野，一场秋天红叶的号角
无法引领遍地的野草，文明的火种在历史的残骸
中复燃
祖国成为一个词，需要一根银针针灸语法
重要的穴位血脉阻隔，好的医生在民间
出世的王在百姓的心上，一场大雪需要一场大火
点起
那个季节还有多远，现在的气候已经不适宜善良
的生命安居

领养春天

我在燕山上招呼一声

春天就过来了

它弱小得像风中的一颗露珠

就要摔下去

掉在大地上、枯草的草茎上

谁都可以踩它一脚

甚至一只蚂蚁也肆无忌惮的

爬上它的睫毛

看吧，这是一个多么可怜的人儿

孤独的没有一个兄弟姐妹

它口渴了只能望天

它饥饿了只能看地

就是这样一个无家可归的孩童

它也怀揣自己的梦想

希望自己长大

看见羊群啃食自己的肉体

看见花朵绽放自己的枝杈

不要像狗一样被拴上铁链

被人类牵着溜达命运的高处低洼

春天是一个喜欢自由的孩子

它拒绝领养

它没有姓氏也没有家

它是时间之父的一根肋骨

它是时间之母的一滴泪花

隐居

退到山中
退进一块块石头
一步步退成山峰
成为山顶上一只鹰
一缕白云
直至成为遥远的
若隐若现的星辰

五步三泉

岂止三泉
一颗水珠是千万个泉眼相连
岂止五步
一个脚印灵岩佛祖就走了千年
济南七十二名泉的卓锡泉
这五步中的几步
我没有来得及丈量
万盛泉、白鹤泉就涌到眼前
她们这连体的姐妹
泰山之魂是她们的母源
她们相约在灵岩显身
合抱成"镜池春晓"
这一潭人间甘甜

我掬起三泉中的一滴

就膜拜了泰山之神

就亲近了灵岩之魂

这一滴

在天庭上轻轻一放

就突起灵岩的雾、泰山的云

七十二泉也一起喷涌

飞扬的大珠、小珠

感化了凡世之尘

在山中，花朵只是一种植物

她不是美人的替身

尽管丽质的身材淹没了周边的风景

山岩的仇视也温柔地低下头颅

高大的树飘下落叶来呵护她

鸟鸣也不敢与她媲美

山泉滋养她的根系

漫山遍野的植物与她拥有一样的泥土

在外边她可能被封为市花甚至公主

而在山中花朵只是一种植物

散发馨香以及摇曳色彩

成为风景的一部分

默默在深山终老一生

有什么特别呢

蜜蜂会在花朵上大献殷勤

取走她青春的兴奋剂

没有什么值得显耀的

从她们身边走过

花朵们与其他植物一样阳光

好奇的人会惊讶的唏嘘

赞美花朵的与众不同

无名的小草也许羡慕花朵罢

不然为何一棵棵向她们靠近

在山中她们太过于平凡了

平凡的从来不叫喊她们的名字

常在山中的人懒得去分辨她们的姓氏

看见她们只是知道这些是花

那些是草

更多的时候会说这些植物

为什么非要给她们分出身份与等级呢

大自然的植物与人一样

面孔只是一张脸的大小与厚薄

居庸关诗草

不过是砖块垒砌的历史

一块块砖仿佛帝王的睡枕

历朝历代有了它

江山好像就高枕无忧了

没有一个王朝逃脱灭亡的命运

一块块砖不知有多少百姓的血汗

甚至生命

在高高的居庸关之上

那些强劲的风声

就是古老冤魂的呼喊

长城增高一寸

国家就多几个坟头

长城延长几米

母亲就失去几个儿子

孟姜女不是哭长城

她哭倒了

自己的祖国

躺下去的丈夫

立起来

是长城一根根肋骨

后人登上长城

看见的是风光

这些风光是中国几千年

积攒的悲惨

好汉们登上长城

有谁体会到我们的祖先

妻离子散家破人亡

居庸关

挡住狼烟的那一刻

一枝枝冷箭

早已把关内的百姓心脏

射穿

秋天，喊一声故乡的花椒

喊一声故乡山坡上的花椒

开口笑的妹妹

脸就红了

心事是一粒粒黑夜的亮光

秋天的花椒

摘你的那双手也怕刺

一方水土养一方人

麻麻的滋味调节山沟沟的风情

邻居大姐棉花羡慕你风中的招摇

隔壁大哥苹果爱慕你果实的娇小

喊你一声，天就蓝了

乡音赶走了山坳的寂寥

天上一朵朵白云在飘

地上一只只山羊在跑

花椒，花椒

秋天小小的灯盏

挂满树梢

采菊柴门下

采菊的手，与陶潜的篱笆无关
菊花就在山上，依偎在柴门的吱呀声里
山也不悠然，采菊的人身处山中
冷香秋风中弥漫，燕山在暮色中独饮
渊明先生在就好了，醉酒的人不至于孤独
这菊花的瘦，像东晋末期的月光
归隐诗人的酣声，落在晚秋菊叶上的露珠
随意掰下一瓣，就是一个朝代
五柳先生的王朝也在这里，他懒得打理
那些世俗的琐事，都交给了秋风
归去来兮，菊花回到手上
月光回归天空，酒杯落地
南朝宋初的那一声碎响，是这一地的薄霜

纸上燕山

晚秋的暮霭，请到纸上

东西三百多公里的燕山，逼近夜色的一幅山水画

掌灯的潮白河，骑上哪个朝代的快马

能够点燃一个个山头的烽火

斟酒的山海关，提起哪个王朝的酒壶

才能倒满一片片土地的湖泊

纸上燕山，我们可以颠倒黑白

从七老图山到河北平原

喜峰口与古北口对饮

雾灵山与大青山划拳

盘山田畴醉卧东汉，谁也叫他不醒

安禄山在盘山叛唐，乾隆在清朝下马

这个深秋，燕山在纸上恣意妄为

它想涂改帝王钦定的一部部史书

它想恢复自己春秋本来的面目

拒绝"燕山雪花大如席,片片吹落轩辕台"

哪个朝代的宣纸,让燕山把盏挥毫

哪个朝代还有空白,留给燕山泼墨的一席之地

燕山之南,燕山之北

一张宣纸的两岸,哪个朝代的帝王

在此驾车,南辕北辙

重阳辞

"日月并阳，两九相重"
佩戴茱萸的唐朝，在史书里登高
饮酒，赏菊
打马走过长安的诗人，唐诗三百首中雅聚
一个王朝的才情，是手握的书卷
一页页，犹如九月九的一瓣瓣菊花
抱紧的冷香，秋风吹动
书生们一个个静卧，他们醉在自己的脚下
这小小的书脊，装订起才子们的呓语
他们汉字里发音，菊瓣上做梦
一个个句子，是这些长寿的老人
他们踏秋，忘记了回家

"万物离我手心而去"

只留下命运的掌纹独自叹息

一条条道路通向何方

交叉路口暗含玄机

其中一条去向地狱

另一条指向天梯

还有许多小路没有路标

我在路口徘徊

期待发生奇迹

手心是命运的湖泊

空无一物

只有时间的尘埃淤积

掌纹是岁月的河流

没有大海能够流向哪里

"万物离我手心而去"

小小的手心是五指山的海底

一座座山在沉浮

一根根手指在弯曲

有骨气的手指一次次伸直

有血脉的山峰一次次站起

离去的万物是浮云

握在手心的是真理

让我把你的手紧握手中

握紧这一只手，一刻也不敢放松

血色消隐，青筋凸起

冰冷的手掌进入寒冬

这是母亲的手，一个老人的临终

我的体温，无法让这只手起死回生

岁月的老茧，如同一块块风干的礁石

掌中的裂纹，一根根失去知觉的神经

落进手心的一滴滴泪，引不来泉涌

手纹的河流，没有一丝水声

攥紧的这只手，是我一生的痛

一根根手指，在我胸腔挖一个病灶的坑

儿子人生的中年，这只手撒我而去

握紧的只是一缕悲苦的风

用一片雪覆盖南宋

水中花，镜中月的南宋
我用一片雪来覆盖你
南宋小朝廷的小，南宋官僚的黑
需要一场纯白的浩劫
借用遥远的唐朝李白的诗句
燕山雪花大如席
在南宋来一次语言的修辞
让走调的江山，讲一次纯正的普通话
让不押韵的河流，荡漾一朵朵浪花的韵脚
回到白刺史的西湖，苏太守的弦歌
李清照不再凄凉，陆放翁不再忧国
钱塘江的大潮像顺民一样安详
灵隐寺的暮鼓晨钟迎祥纳福

一片雪拯救一个江山
一片雪安抚偏居一隅的子民
我要用一片雪来覆盖你，江南
一张宣纸上不着点墨
所有的留白，是雪尘埃落定的魂魄

一只奔跑的神兽

天到了这里也缺一角

角直，水网织成的龙袍

千年古桥，风景曾是一个孤岛

唐朝的诗人至今，文人墨客来过多少

我也算其中一个

多像太湖的一根水草

史书上这个地方叫作吴县

几千年的风云变幻

青石板的台阶保存完好

现如今乳名唤作吴中

走在角直的街上

脚步一寸寸地缩小

千年的银杏，百年的枸杞

泥塑的罗汉也是国宝

多收了三五斗

一粒粒米把江南的中国喂饱

燕山夜话（长诗）

1

这些不是我说的，哪个朝代的石头

成为燕山的脊梁，我搬不动

我是搬不动历史的，也搬不动我自己

燕山，我是一个不速之客

在人生的中年，立在了你的额头

我不想成为风景，也不会成为云彩

也不会变成冷漠的界碑，我心里没有国界

只有时间，时间是唯一的言辞

地球毁灭以前，谁将见证

大海是蓝的，谁说那不是冷凝的火焰

看看燕山的石头就知道，它们都是浪花丢弃的

礁石

我又是谁抛弃的孩子，在故乡成为记忆之后

天堂抑或地狱，我在燕山的荆棘上舞蹈

像鹰在天空盘旋，满山的石头就是满山的历史

历史是不会被抛弃的，我们的思想就是模糊历史

的敌人

燕山的石头是几万万年的岩浆，它冷吗

不，石头会烧伤大地上的生灵

我们注定是过客，被草淹没

浪得虚名灵魂永远回不到故乡

我们是什么，我们甚至抵不上一只灰喜鹊的羽毛

燕山的秋天，我在中年之旅遇见白水寺的石佛

佛没有开口，白水河的溪流在言说

历史就在那流淌之中，起伏的波涛掩盖狼烟

我行到山的深处，水来自山的隐秘之境

谁穿着神灵的胎衣，降临世间

神秘的精灵之母，成为凤凰的传说

凤凰亭的传说难道仅仅是盛世的渲染，白水寺的

神示

金陵王气的历史恐惧，周口店猿人文明的发现

这一切只是开始，我人生的中年遇见的上苍昭示

我死去重生的海边奇遇，不会是梦

我遇见的另一个人间的阴影，直至今天清晰可见
我的言辞，从中年开始
在燕山之上，成为夜话
成为凤凰涅槃的绝响

2

绝对黑夜，所有的神灵失眠

燕山坐在龙脉之上，九龙山虎视眈眈

我从龙口出来，天已经暗淡

山顶积雪失去父母，路过十字寺

银杏树孤独如老人，守护着残碑枯草

这里的传说，穿越几个王朝

每一个帝王都以失败告终，我也不例外

我时常幻想着，坐拥江山

为天下苍生谋一口粮食，为他们冷暖添加一件

衣服

我不能成为时代的主宰，我是燕山的长子

被废弃继承王位，只能守着燕山的石头

看见悲愤从石头里长大，天生就是草民

满山遍野的草准备起义，它们要使大地变色

让青色的苦楚变成金黄的麦香，它们把自己的肉

体打制成镰刀

时刻准备割掉自己的脑袋，装满惊天的响雷

燕山王在传说中曾经勇猛，如今谁将是他的复燃

燕国虽小，却最早确立了燕京作为国的史实

出土的王公贵族展示的遗骸，死后也摆出贵族的

姿势

多像现在活着的王子显孙，龙子龙孙代代延续

腐败的脊骨也在遗传，赌咒也在人民的身上流淌

不绝的血液

国大的万民，俯首称臣是世代的美德

孔子是伟大的导师，我们鲁国人的骄傲

我在燕山之上，想象孔子四处流浪的形骸

没有一个国家肯收留孔子从政，任何帝王都喜欢

自己的臣子是傻瓜

天才永远在体制之外，放纵伟大的才华

被豢养的永远是一帮蠢材，分赃人民的血汗

燕山白水寺香火旺盛，我在祈祷

人民需要正义的神灵，引导他们匡扶帝国的重生

人民不会永远是野草，任由王公贵族世代的践踏

号角在神灵的引导下，即将吹响

秋天深夜，我听见了

在燕山的祥云之下，凤凰正在缔造传说

秋高气爽，王气笼罩燕山

3

时间的巢穴，聚集卵的能量

英雄的火炬将要点燃，草莽足以摧毁腐朽的根须

金陵王朝之前与之后，没有哪一个帝王幸免于难

江山失去民众的血液，就会癌变

只有贵族的歌舞升平，盛唐也会难逃一劫

只有双脚扎根泥土的农民，才是一个王朝稳固的

基石

谁的双手沾满露水与植物的气味，谁就是百姓

的王

你看，满山的草茂盛生长

神灵的雨水浇灌明天的主宰

根深叶茂，农民才是世界昌盛的养分

燕山被偷走的石头，成为谁的纪念碑

又成为谁的墓场，历朝历代发掘的文物

都是王陵与贵族的遗骸，这些贵族的祖先

永远不会想到，挖掘他们的就是他们的后代

帝王与贵族，草民们亡故后与泥土融为一体

成为土与水，成为大地的脉气

天地有正义，那气就来自人民的底气

不朽的就是被永远淹没的草民，那些王公贵族被挖掘

成为标本，成为历史演绎的资料

死后几千年也得不到安宁，多少帝王的墓穴成为门票的面孔

人类的历史，就是不断挖掘帝王与贵族遗骸的一部断代史

他们活着被供奉在朝堂之上，死后挖掘出来被囚禁在魔盒之中

他们想不到的他们的命运，成为历代贵族后裔的楷模

难逃一劫就是罪恶的后天报应，轮回就是神灵操纵时光的平衡术

4

这黑夜，与月对饮

感到孤独与历史一样真实

多少帝王只留下了年号

没有一个帝王留下江山

江山属于时间，属于历史

多少诗人发出喟叹，易逝的时光

光荣与梦想，大爱与大恨

在宇宙面前，个体的生命又算什么

在文明的历史长河中，伟人如此的稀有

像稀有金属在大地之下闪光，沉睡的亡灵醒来

遇见亡灵，在明月之下

白光总是富于渲染的幻象，少年惊奇于月光下的
树木

冷寂的冬夜，寒光下神灵显现

恐惧身后跟从的神灵或鬼魂，行走的脚步加快

秋天满坡的庄稼地之间，磷火闪烁

说是鬼火在飞，黑夜

万籁寂静的黑夜，潮湿的秋夜

接近野草丛生的墓地，没有发生一切故事中的

奇遇

那么安静，山中密林里

燕山深处这些亡灵，呼吸新鲜的空气

活着的尚且寂寞，他们之间互相诉说往事吗

只有野草相互伸出寂寞之手，打发阴暗的时日

山溪鸟鸣围绕亡灵的视野，他们视而不见

一切都是陌路，奈何桥之后

我们谁能够记得快乐与悲伤

爱恨情仇，在他乡成为泡影

在溪流边坐下来，看见游鱼少年一样欢跃

流水，流水，这岁月的闪光

带走了多少故乡，带走了多少祖先

我们追逐流水，就是一代代寻找远去的亲人

5

我去散步了，一步就踩在历史的痛上
那些眼神都是秋天的模样，成熟；衰老
伤疤是不平的，就像山路凹陷凸起
凉也是一样，温度成为季节的外套
青色的酸枣有些味道了，开始有了酸的心情
我还是摘了，不会犯罪；她们小小的
确不是年幼的女人，爱她们
她们是植物，这些嫩嫩的果子
好吃，新鲜极了；我卷舌咀嚼几次
味道像年轻的恋爱，接近夜色
我开始老了，一个四十三岁的男人
开始了散步，漫不经心
心都去了哪里，这秋天

燕山的暮色来临，回家吧

小小的灯盏，点燃才会有光明

温暖就是散步回家，我们老去之前

回家，手拉手回家吧

满山的野草，等羊儿来吃

6

年纪轻轻就开始失眠，这件幸福的事情
精力旺盛，火一样的生命才会不停地燃烧
照亮夜色，我的目光足以挽救月光的瘦弱
活着就多睁着眼睛，不然与死者有何不同
神灵与鬼魂都昼伏夜出，他们在寻找重返人间的
时机
为何人类进入黑夜总喜欢闭上眼帘
难道惧怕黑夜抑或在梦里满足白昼无法实现的
愿望
活着就睁大眼睛，看清别人也看清自己
看时间由黑变白，看时光的河流流动的水纹
多么肤浅的哲理，深奥的哲学家竟然没有发现
如果人类都闭上眼睛，黑夜就没有存在的理由

历史永远睁着眼睛，它知道自己的短处

使人明智，智慧来自黑夜

那些失眠的神，泄露宇宙间无法破解的秘密

7

从一个词开始，孔子坐在河的对面
他毕生没有渡过这条河流，燕山白水寺
孔子不可能抵达的地方，这个鲁国我的老乡
两千多年后我们在河的两岸对望
我知道，孔子年轻时赞美过皇帝的新衣
那是他的理想，为帝王驾车
甚至做一匹帝王的快马，有啥不好呢
孔子也是人，也需要门庭若市的场面
权力是孔子毕生的向往，他的想法就是我的野心
不过我的理想在孔子之上，我时常在梦里
与孔子以君王的身份对话，孔子毕恭毕敬的样子
我喜欢，孔子的谦逊，会令现在的任何学者自卑
那些狂妄之徒，怎能理解孔子的苦衷

不舍昼夜，孔子就坐在白水河的对岸

他想了很多，为何列国的君王都不聘用他上岗

那是因为唯一合适的位置，君王自己占用

多少君王是私生子呢，孔子明白

揭穿这种事实会引起非议，孔子就坐在那里

不舍昼夜，他不再开口

孔子知道，他在燕山的下坡之处

只能仰望白水河对岸的寺庙，白水寺

这时，我，燕山的长子

正在与白水寺的石佛谈古论今，孔子就那样仰望

两千多年了，也没有低下头去寻找出路

8

又一次涉过白水河，极似凤凰的那对神鸟
在水杉树之间飞翔，她们在告诉我远方
河流，悲伤的母亲
我时常怀疑河中的游鱼就是故去的母亲
白水河丰美的草岸守护着这条源自深山的河流
这些草我视为兄弟姐妹，在文明的追逐中
渴死的祖先是远离了河流，我一点也不怀疑
亡故的亲人成为河流中的游鱼，无语的凝视她们
渴望远方就是渴望大海，这是每一条溪流的理想
大海的蓝是阴谋，它要遮盖住人类进化的秘密
谁能够打开大海，只有河流可以打开大海的胸腔
大海的每一个细微之处，都有河流行走的影子
我们最终是进入河流的，每一次涉过河流

我都有变成一条鱼的欲望，甚至羡慕那一粒粒
沙子
神鸟飞走了，她们看见我安然无恙地走进白水寺
就飞走了，白水河也在飞
这贴近大地的翅膀

9

秋天了，我活到四十三岁了

是偶然的，作为燕山的长子

在燕山出生不久，我的年龄就已经被命名

魂魄诞生了多少个世纪，才在地球面临崩盘的

岁月

我的肉身抵达人间，孔子比我早出生两千多年

他也自嘲地对我说，他之所以成了天才抑或圣人

都是历代蠢材们没有发现他的短处

我与你一样也是在鲁国住在草房之内

生于山沟沟之间，偶尔去你们家门口的沂河

洗洗身上的山野之气，说了一句不舍昼夜的废话

就被他们说成经典，其实我也不过想混一口饭吃

在山区干活累得要死，还是动动嘴皮子功夫轻松

拍马溜须本来就是我的特长，其实鲁吹一号这个外号

早在两千多年前我就申请过专利，只是那时没有这个机构而已

你呀，四十三岁了也不要泄气

我在你这个年龄还没有开始流浪

我真羡慕你，都已经在异乡流浪二十多年了

天才都是流浪出身，只有蠢材会守在家里

等着祖先死后继承财产与权力，一代代的继承

一代代地等死，等不及了就开始杀戮

帝王的双手一般都沾满亲人的血液，唐王李世民也不例外

所谓的文明进程更加阴险，百姓往往就是任何进程的陪葬品

享受成果的都是王公贵族，不过我的论语中没有记载这些言论

那个时候，我也是贵族

贵族往往也是历史的修订者，谁会说自己的利益是来自百姓呢

百姓是任何王朝换代的棋子，王就是杀戮的总和

人与人残杀多么不应该，世界本来和谐安宁
野心与王权时刻剥夺无辜生灵的性命，一切罪恶
的根源
就是建立秩序，秩序是灭绝天性与本性的借口
人定胜天，是人类历史最大的谎言
天有天存在的法则，地有地存在的理由
神灵也改变不了，何况人乎

10

是时候了，灰喜鹊也老了

白水寺的石佛也忍耐了几个朝代

作为燕山的长子，佛说的话与我一样

心里装着百姓，普度众生是很平常的事情

百姓要求不高，活着吃饱饭穿上衣

哪怕住在茅草房里，能够遮风避雨就可以了

寺庙是精神的象征，也是遮风避雨的地方

心里苦了去说说，心里甜了去说说

人活着总得有一个说话的地方

百姓活着就更需要有说话的地方

说话是活着的滋味，在没有人的时候

石佛也在说话，他说了几个朝代了

百姓听进去了，寺庙就有了不断的香火

什么时候，百姓听不进去王朝说话了

王朝就会断子绝孙，就让百姓大声说话吧

佛都喜欢百姓说话，难道自以为是佛的凡人

就听不进百姓说话吗，百姓是人间最大的佛

佛是什么，象形文字拆开

就是人站着，说不

那站着的人就是百姓

11

错过权力的确幸运，但不要错失爱情

权力是命运的赌博，是待宰的羔羊

在人生短暂的旅途上，慰藉心灵的是真情

夕阳落下了，一切即将进入黑暗

看看她的眼睛，会有光照亮孤寂的漫长岁月

不要等老了，老了一切都来不及了

瞬间即逝的光阴，划过生命的年轮

没有痕迹也没有伤疤的日子，单纯但不会快乐

一起吃饭，一起旅游

一起走亲串友，一起跪拜亡故的先祖

甚至争吵，只要是真心的

那就是美好，美好不完全是和谐

匆匆岁月，秋天没有收获也无妨

相望着、微笑着，看霜降临我们的双鬓
我们满足于一生收集了那么多阳光
晚年在我们的生活中温暖

12

天凉了，心也淡了

生命的中年已经没有那么多波涛

望见河中的流水也开心

茂盛的青草我也喜欢

万物都那么亲切

其实我更加喜欢泥土

哪怕泥土围起的坟墓

坟墓是有热气的

我感到那些生命没有终结

熟悉的或陌生的坟墓中的人

他们过着自己的日子

他们安静了，我们活着的人才踏实

他们突然又活了过来，我们普通人会高兴

死去的帝王又活了过来，掌权的帝王不会愉快
一切都可能，一切都不可能
日子平淡了好，像这燕山的深夜
安详的秋凉，神灵走过也不必好奇

13

这个时间母亲在干什么，我的猜测有些多余

站在门口望着黑夜，还是和邻居在唠嗑

夜深了，母亲，天有些凉

多年了也没有您的音信

阴间的路没有路标，天堂的路也没有天梯

很久没有与您谈话了，这两年您不再显灵

母亲，您不爱我们了，还是看见我们长大了

秋天了，母亲，不要喝冷茶

需要什么回家自己取吧

我在异乡，不能回去给您送些秋天的果子

如果想吃就去摘一些，留一个纸条

叫果农向我要账，母亲，您的关节还痛吗

喝点烧酒活活血，不要喝多了

烧酒会引起高血压，等有时间我回去看您

故乡陵墓里的房子住着如何，习惯吗

也许您不在故乡住吧，到处走走也很好

世界风景还不错，活着的时候没有机会看

现在成为神灵了，可以驾云四处云游

母亲，您如果云游到燕山就下来

在我们这里住下来，您不是信佛吗

燕山凤凰亭有白水寺，我们一起去进香

我经常去的，总想遇见您

母亲您为何迟迟不出现呢，香点燃向哪个方向拜

您会来

母亲告诉我吧，我想和您说话

14

中午的阴凉是季节的一次疾病

那些上山的神灵迷失在远方

石佛坐北朝南，古代帝王也是这种方向

每一棵树都幻想成为栋梁，树不会知道

栋梁的代价就是死亡，秋天到了

鸟儿开始匆忙，这个季节吃的肥头大耳

也不能忘了囤积过冬的口粮，丰收了

新粮下场先磨它一点细粮，敬敬祖先

拜拜神仙，和和气气准备中秋团圆

出门在外的回家看看，回不了家的也不要埋怨

顺其自然，听天由命

成不了的事情争取也没有用

该出手的时候就出手，后悔药哪里也没有

15

长子在凤凰亭住下来
周围的城市呼吸急促
帝王行走在一条大街上
像一辆辆公共汽车
装满参观者的兴奋
故宫会是最后帝王的寓所吗
更早的帝王在景山一棵树枝上
拴紧自己的脖子
历史不是一滩废话
明智的帝王垂帘听政
多少木偶被拉来拉去的表演
药店开始出售政治
唯一的产品不需要商标
感冒已经不能医治一个帝国
癌变才会使光明重生

16

绍兴这个地方不错，王羲之住了下来

从琅琊王的君望临沂移居绍兴以来

王羲之就病了，浑身无力

提笔的手发软，不断地出虚汗

绍兴的名医三番五次也没有找出得病的症候

食而无味，王羲之在痛苦中度日

偶尔看见老家来的仆人在门外吃大葱

王羲之精神大振，喊叫家人抓紧取大葱大蒜来

喊着自己要吃饭，王羲之吃得汗流浃背

精神抖擞，吩咐家人笔墨伺候

酣畅淋漓写下了一幅赞美大葱大蒜的绝妙书法

可惜被家人藏起来后遗失

王羲之家人认为，凭王家在东晋的名声以及王羲

之的才名

一个大书法家竟然赞美大葱大蒜，有失体面

王羲之从那以后再也没有生过大病，又开始了在山东临沂的生活习惯

家人在绍兴开始了山东菜的种植，现在的很多绍兴菜名

都是王羲之家乡临沂蔬菜的称呼，其中沂水的煎饼卷大葱也名列其中

随着王羲之的后代四散移民，南京福建一带

甚至台湾王姓，都是王羲之的直系后裔

大葱大蒜的种植也随着王羲之的后代移居

在南方以及国外流传

王羲之之所以被称为草圣，与他喜欢吃蔬菜有很大的关系

蔬菜者，草也

17

坐下来，长子在一块石头上
兄弟姐妹绵延不绝，从一棵草开始
边疆无限，城市作为时间的鱼尾纹
寿命单薄的缺氧，医学病调查是都市的职业
人类的乌托邦聚集起的细菌文明
腐败成为一个时代的专利
智慧开始为财富说话
诗意成为权力与金钱的俘虏
诗歌排行榜像股票市场一样
崩盘的崩盘，操盘手就是财富与精神贵族
赶集的场面像一个屠宰户赶着一群猪
虚伪的呻吟占据着独裁的喉咙
燕山长子冷眼看了一下天下
天下和谐的集体失语

18

仰望秋凉，深夜的甘露那是星星的呼吸

作为燕山的长子，我对天的孝道深怀歉意

头顶的是天，对天了解甚微

天是无限，我的能力仅仅感知周围的事物

偶尔神灵的暗示，我却不能意会

错过多少天启，不得而知

昼夜行走燕山，浑然不觉抵达人生的中年

寻找一块石头坐下，想了半天

也没有悟出一点能够成为界碑的思想

眼里只有鸟筑的巢，在一棵棵树上

这些高空的别墅，是鸟生息的乐土

一只只鸟像回家的孩子，叽叽喳喳围着鸟巢盘旋

鸟是人类的朋友，我也想做他们其中的一只

19

这面山坡草肥，像喝足了奶水的娃娃
一只羊也没有，草生来不是喂牲口的
草是一种植物，扎根泥土不是卑微
与泥土相依为命，草是大地的养子
我看见了草的高贵，草把自己的身体腐烂成泥土
使自己回到硬化的大地，变成大地新鲜的血液
我低下头，我知道
我的生命只有草不会嫌弃，总有一天
草会掩埋我沾满尘埃的躯体，哪怕我的躯体已经
烧成尘埃
我也会成为一棵草，与这些草一起立在大地上
年复一年的绿，年复一年的黄

20

从诗歌开始，我们失去了卑微

旧体帝王的眼神，美感的使命快乐为本

成为标本的被称作经典，我们热爱死亡的情感

善如果不是诗歌的源泉，一些文字就是伪劣的

表演

诗歌不能成就王权，可能使投机者跌进宫殿的

眼帘

诗意离开真善美，文字存在的价值命赴黄泉

我们没有无病呻吟，我们的灵魂缺盐

大喜大悲有大爱，诗歌是我们精神旅途上的盘缠

用一生去爱吧，爱上诗歌不是爱上诗人这个头衔

21

此时正午，薄阴的天色

青山望我，酸枣儿为没有变甜目光闪烁

灰喜鹊回巢礼佛，去白水寺

香客的影儿消失在蝴蝶的翅膀之下

石台边上的薄荷，清香饱满姿态优雅

有夫人以为是江南，伸手可采莲

知了几声，秋后的蝉儿也是告别吗

想必不会有雨，就是雨来了

也是过客，在异乡

这雨，竟然身世与我雷同

雨有云彩，我有衣裳

雨包裹的是精灵，衣裳裹紧的是尘埃

22

人生的中年，发现秋天

悲与苦成为风景，没有任何人逃脱时间的皈依

慈悲这灵魂的底色，善作为一种欲望

忏悔是恨的影子，偶尔闪念的往事

有毒也是昙花一现，余光有多长

生命就是小时候手提的灯笼，燃烧的灰尘是时间

拒绝神灵的召唤，作为人子我缺乏勇气

一切抵抗都是枉然，骑上纸马一路向西

西方是意念中的极乐，我们出生时就是一颗太阳

早晨我们是朝阳，黄昏变成夕阳

结束了，黑夜我们只能点起鬼火

一路上寻找天堂或跌落地狱

23

黄昏，四十三岁的黄昏

是四十三年夕阳的眼神

望向黑夜，望向遥远的一眼井

所有的星星也老了

跌向时光的水中

漂浮在天河

月亮是黑夜唯一的码头

是故乡，是母亲的一张脸

天堂上的母亲

一不小心掉进井里

李白捞过月亮

醉酒的李白捞的是诗意

我也要捞月亮

我斜着身子，四十三岁的影子

侧身走进黄昏

就要掉进母亲落水的那眼井

24

每一次离开白水寺，我都回头
我知道，佛也希望我这样
他总想从我眼睛里找出留下我的理由
看看我的私心杂念什么时候消失
这种习惯已经多年
去任何寺庙离开的时候
我都回头，寺庙的样子总让我亲切无比
像我的家，我的前世可能在寺庙里度过的
喜欢闻佛香燃烧的味道，我母亲生前也喜欢
我母亲烧香的样子，至今我记得清晰
口中念念有词，恭敬的把香插进香炉
然后跪拜，一次次的叩向神灵
小时候我学母亲的样子，无数次的向神灵皈依
每一次离开寺庙，我都牵挂
我也不知还有什么放不下

25

长子坐下来，作为燕山的长子

没有理由拒绝这个位置，在九龙山的龙头上

长子累了，这块神奇的石头就是坐北朝南的龙椅

环顾四周，也就是天下

那些历史的烟尘消失了，诸侯各国也消失了

王统一了天下，只有王是理所当然的天下

燕国遗址就在不远的那块土地上，弹丸之地也可

称国

金陵就在九龙山的一侧，山根之处也做了金国的

风水宝地

不惜千里之遥，从辽地挖掘出祖祖辈辈的魂魄

移葬于九龙山脚下，此时长子正坐在山顶

观望那片早被平整的土地，好像龙气残存

长子眼光放得更远了，周口店人类始祖

正在被他们的后裔挖掘考证，一次次重大发现

这些自诩为人的生灵，终于找到了自己的出处

原来直立行走的人，曾经也是爬着走的动物

坐在九龙山这个位置，真可以俯瞰天下

目光扫一圈，就看见满山遍野的王陵奔涌而来

清西陵　十三陵　清东陵　金陵

还有大大小小不知名的陵，刹那间好像帝王还魂

怒目仇视九龙山山顶，好像长子抢夺了他们的

江山

燕山绵延而去，像一条长龙

横穿太行，山势起伏

勾魂一剑的王气，摇撼九州

天下苍茫，历史在霸气中传唱王生三界的歌谣

26

喜鹊的叽叽喳喳在隐藏历史的阴谋
他们占据了燕山所有的风水
他们成了时间的巫师
一群群的喜鹊在预言
帝国的病入膏肓，在永济
我曾亲临华佗的墓穴
这个为帝王拒绝医治绝症的神医
孤独躺在离黄河不远的黄河东岸
只有那棵柏树枯死而不倒
我无心请教医治帝国的良方
一个只剩下贵族的帝国
无异于得了一般百姓无缘得的富贵病
富贵病也是病，是不能根治的慢性绝症

喜鹊又叫了，他们空欢喜一场

他们发现帝国还能延续几年

残喘的帝国也是帝国

喜鹊在梧桐树上，叽叽喳喳地期盼凤凰的到来

长子来到了凤凰亭，一次次去白水寺

长子与佛在一起，长子是不谈论天下的

长子经常挂念的是百姓，长子总对佛说

什么时候还政于民，什么时候天下是百姓的天下

佛在沉默，长子叹了一口气

佛啊，你不能只做贵族的佛

27

秋天取走了燥热的邪念，放进了时间的葫芦之中
那些神灵也不能好奇的秘密，永远寂寞在黑暗
清气降临，天空高远
中年了，我的心纯净的剩下跳动
亲情无比的亲，也可以疏远
活着的目的就是活着，我的理想是一只秋后的
蚂蚱
蹦不高也跳不远，坐等天命
岁月多长也有终点，结果就是一抔黄土
掩埋化成灰尘的情感，望着山上的天空
好像天堂就在那块云彩的背面，突然有飞天的
欲望
提起脚尖，伸出双手
把那只冲向蓝天的鹰追赶

28

我的中年是一个句子，修饰词就是穿过的外套
偶尔形容一下岁月，沧桑之事都躲藏进白发的
腰部
有一自然段曾成为病句，医生用西药那些墨水改
动了一些地方
那段酒精含量偏高的句子，一个个汉字中了毒
其他的部分都是一些词，包涵无限的含义
亲近细小的时光，我的习惯不拒绝浪费光阴
中年的情感几乎单纯，没有杂事拆散内心的向往
瞻前顾后的动作得了痴呆症，什么也不能抵消命
运既定的路径
没有十字路口再使我犹豫，我想在中年这个句
子上
找出伤口，伤口都拒绝发炎

29

闻风而动的秋雨，在燕山出兵
这些帝王的卫士深夜还魂
他们仇视自己的身世
以泪洗面
一阵阵冲锋的裂帛撕裂声
惊醒燕山长子，长子推窗观阵
黑漆漆的军团陷落燕山沟壑之中

30

秋雨浇灌着长子行走尘世的肉体，燕山在雨中密
谋秋凉的温度
中年的躯体像一棵庄稼随时会被神灵拔走，仰面
朝天
清爽的雨水压下来，扬起双手
我要抱紧这天籁的清音，天河女神浣纱的笑声伴
随而来
神鱼没有一条下凡，他们也不喜欢地球上污染的
水脉
长子一人穿行山道，只有秋雨为伴
偶尔有几只灰喜鹊，立在树枝上抖擞沾满水珠的
羽毛

31

中年了，我想慢下来
时间就像绑票的黑手
一步步把我这个一分不值的过客
推向撕票的悬崖
没有人会来赎我
天堂与地狱之神
正在为我死后的过路费商议价格
亲人们为高得吓人的医疗开支犯愁
没有人会来赎我
我在燕山上病入膏肓
失望的心情就是周围的石头
自己的肉体被绑票无关紧要
一个帝国被绑票谁来拯救

32

我在燕山上这样爱国，戒掉烟

减少去市中心的次数，不吃走私食品

不用伪劣货，不去广场集会

在国家森林公园义务地巡逻

告诉抽烟的游客在这里抽烟就是放火

去白水寺保佑祖国平安，人民安居乐业

过马路走人行横道线，不乱扔垃圾

超市里买东西开发票，几乎不去饭店就餐

出门坐公车，打的打黑车

黑车司机基本都是下岗的

感冒了不去人多的地方传播

为了节约资源，经常上山摘野果吃

用真名上网，四十二岁才结婚

响应国家计划生育政策，还有

喜欢看美女的习惯也戒了

为了国家稳定，坚决不搞婚外恋

爱国的方式多种多样，爱国没有选择

祖国是我的母亲，我不能玷污母亲的圣洁

33

燕山雨后的秋虫们夜里互相抚摸取暖

长子听见它们的喜悦，滴滴的不绝入耳的缠绵

那些树那些青稞有福了，成为秋虫的知音

我成了秋天的负担，尘埃之子

与日月天地争夺宇宙中的精华之气，不知道神灵

会站在哪边

我怕我不洁的灵魂感染了这些单纯的秋虫

但我不能克制秋虫美妙的蛊惑，这些短命的天才

音乐家弹跳的勾魂节奏

能够享受失眠的音乐盛宴，秋虫在举行一场盛大

的生命挽歌

极致就是死亡的王冠，金黄的时间魔杖

秋虫抵达生灵的狂欢之巅，礼仪在黑夜之中

虫王诞生在燕山的绿林，裸体的皇帝按照虫子的

庆典祖制

朝拜自己的先贤，万虫列队走过太行山脉

没有一只虫子蹦出方阵，希望自己成为看客

像燕山长子一样做一次人，悲壮的气氛使神灵也

震撼

虫王庄严昭告，经过优胜劣汰

留下一部分虫子作为种子保留下来

其余的虫子在秋天末尾或冬初，分批选择集体

自杀

没有一只虫子表示不满，众虫齐呼：虫王万岁

34

秋虫低唱燕山歌谣

在异乡，我的中年变得刻不容缓

我不想留下千古骂名

作为燕山的长子

多少石头梦想成为我的纪念碑

每一次登上燕山

石头就给我白眼，嘲笑我作为王子

隐居山野，毫无建树

将来如何流芳

整个燕山没有一块石头看我顺眼

漫步金陵陵园

那些烟消云散的王朝遗骸

辉煌的陵墓被一次次洗劫

几百年后的今天

破败的陵墓正在修复

这些帝王的孤魂无人问津

这样的深夜，我渴望帝王们还魂

与他们在燕山之巅

冷眼旁观后世杜撰的历史

然后

一起坐下来，说说遥远的燕山雪花大如席的盛世

烧一壶水

冲开一片片穿着大红袍的江山

直至把历史泡得淡而无味

倒掉

真有那么一天

历史会反复

一年年的秋天会反复

我的中年

不会

35

放下青年的火气
夏季的日光
我怀揣天下的叹息
背负中年的沧桑
燕山深处
成为沉默的石头
白水寺的石佛一样微笑
树林之间雀跃的灰喜鹊
没有学会世外高歌的曲调
燕山的秋夜，黑是唯一的出路
漫山遍野的黑奔向山顶
蜿蜒太行，煤黑裹紧的是火
时间的黑，积聚的是光

光是黎明爆发的力

光是正义磨快的枪

在太行山上

那是历史的回光返照

苍莽山野

我仰望高远的苍穹

天问

江山是谁的村庄

36

燕山不是长子的高度，秋天的云彩也在仰望长子
这些石佛也想修炼到九重天的境界
长子的肉身在大地上扎根，灵魂翱翔宇宙
苍穹之上与神灵集会，凤凰亭的凤凰雍正九年呈
祥以后
那些见过凤凰的人都已经作古
只有一块石碑记载了凤凰出世的渊源
几次去寻找过凤凰的蛛丝马迹
灰喜鹊在凤凰亭周围树上愤愤不平的叽叽喳喳
天空偶尔有鹰驰骋，这些星星的警犬
也有雀儿毫不顾忌自己的身份
在长子的视野里雀跃，燕山已经没有国王了
自从燕山雪花大如席的盛世消亡

冬季这个白雪公主干瘦得已经没有水分

她在为燕国的帝王穿孝，那么一点点白

象征性地昭示燕国曾经的存在

让我说什么好呢？看她一眼的想法

都被薄霜掩盖了，裸露的石头还有些风骨

有那么一点帝王后裔的味道，我是说帝王在这些

石头上歇过脚

帝王的屁股坐在这些石头上反省过，石头原来比

龙椅稳固

石头有那么多用处，可以刻字成碑

我也想做一块石头，哪怕是一块顽石

秋天的一颗露珠就可以点化我，成为石佛

像白水寺的石佛一样，近千年了一直被供奉

没有一个帝王享受石佛的礼遇，多数帝王死后不

是被掘坟就是被展览

还是成佛好，度人也度己

37

深秋从邯郸回到燕山

学会了故人走路的技巧

我用学来的步法去山道上试试

山上的树看见　叶子都掉了

灰喜鹊看见也飞走了

我仍然陶醉在诗人相聚的快乐里

赵国的风物使我回到了遥远的时空

一个帝国就如此的消失了

黄粱梦一样醒来就是历史

留下一个个成语供后人琢磨　感悟

燕国也是如此啊

唯有燕山活到了今天

帝王的野心　贵族的功名利禄

都成为了尘埃　在历史的记载中

也落满灰尘　只有所谓的学者

抑或专家考证　研讨　以此来树立自己的权威

平民百姓过的是日子　上山打柴

下山提水　一个消失的国家的历史

不能为百姓充饥　一个朝代一个朝代的更迭

就是政治体制的新陈代谢

多像燕山深秋的红叶啊　红了　落了

更多的是鲜血染红了江山

江山是多少颗头颅撑起来的王冠

深秋的燕山啊　夜晚的寒潮转身成霜

多少帝王的妃子在冥界寡居

生前的荣华与跋扈成为奈何桥浪花的一声叹息

我在白水河站立

白水寺的香客在跪拜

他们能够超度谁呢

他们不会为哪个帝王祈求保佑

姿势像是祖上的遗传　世世代代的信徒

都在祈求今生与来生的平安

在天下不安的历史尘烟里

王朝不安百姓何谈安宁　国安民安

民安国安　是循环　是法则

白水河流淌的历史　就是燕山脉气由盛到衰的

见证

一条河的消亡　就是一种文明的灭绝

逐渐衰微的白水河　是燕山文化最后的挽歌

燕山夜话后续

1

天冷了，阳光依然固守它的本分

刺眼的亮，燕山柴门一次次被推开

就像历史一次次袒露它的伤疤

黑暗深处哭泣的是寒冷的风

风四处寻找自己的祖先

总想找到它的根　也伺机寻觅扎根的悬崖

风一次次跌倒，一次次爬起来

是勇士还是亡命天涯的剑客

风的寒冷就是一把利剑

它击倒对手也击倒自己

就像人一样击倒对手的同时

自己也倒下了

一个王朝击倒另一个王朝

胜利者难逃最终被时间击倒的命运

燕国消亡久矣，唯独燕山这曾经的屏障

独存于世，昭示它不属于哪个王权哪个国家

燕山属于地球上凸起的青筋

属于宇宙间一粒尘埃

整个冬天我就像一个古代的游侠

穿行燕山的腹地

于莽莽苍穹之上，感受人类的孤独

时光的白驹过隙，一只兔子消失在枯草之中

没有猎枪追逐，兔子自己在追逐自己

兔子四蹄奔跑的速度，是死亡的速度

它的幸福在疾驰的风声中，两只长长的耳朵

向身后吹响命运的号角

未知之路是峭壁还是守株待兔的智者

立身寒冷的燕山黄昏之中，我呆立于一只兔子的

消失

它像我一个友人，生前奔跑的速度远胜这只兔子

他追逐的财富　名声　地位　女色

琳琅满目，他也消失在枯草的坟茔之中

比兔子多了一个土丘，多了一块从山上移下来的

石头

竖立起来为碑，刻上了几个汉字：兔子

2

暮色降临了，月亮也端坐在山的东方

圆了，冰冷白皙

或许嫦娥亡故了，玉兔跑到人间

嫦娥的后裔没有哭泣

腊月的暮色中，灰喜鹊沉默不语

一个下山的人，从柴门出来

抱着一棵白菜，白菜是经过风霜的

短命的白菜，活了不到一年

它成熟的身子装满燕山的傲气

它正在奔向刑场，用它积攒一生的甘露

去清除人类体内的毒素

这棵白菜不是俘虏

它是山民圈养的一个孩子

下山的人抱紧这棵白菜

呼出的哈气像对白菜最后的娇宠

幸福的白菜依偎山民宽厚的胸膛里

像帝王的江山靠着山民的脊梁

一棵白菜就像一个王朝

民众把江山养大，吃掉江山的也是人民

下山的人，抱着白菜下山了

他们要切割，切割白菜

切割白菜一样的江山

3

雪下了几场，我没有清点

燕山被白围困了几次

一些石头感冒，它的咳嗽声惊醒了喜鹊

人类沉醉在灯红酒绿的都市

交换流感，我行走旷野之上

积雪一次次想把我摁倒

刺骨的寒风一次次夹带雪片纵身悬崖

白水寺安然无恙，石佛寺门反锁

我呆立寺庙雪地上，双耳鼓满佛音

全身披挂白色袈裟，环顾四周

大雪折断松枝，茫茫白雪淹没莽莽山野

山道尽无，无僧的白水寺只有雪在坐禅

我也是多余的，我像是一片雪的阴影

时间的一个墨点，围困在大雪军团之中

燕山的青黛，黑亮不复存在

细长的白水河奄奄一息

大有雪淹死水的事故发生

黄昏将至，雪片像一盏盏小灯

延缓着黑夜的来临，飞鸟不见踪影

鸟巢在等待劫难，没有一只鸟因大雪欢跃

燕山雪花大如席的传说，不再是一句诗词

所有记载它的汉字都羞于出场

我像大雪的一个标点

一点点移动，孤独的自惭形秽

成为雪的俘虏，漫天大雪押送我下山

4

把去年的诗意留在了山上

塞进山上的岩石之中

它们潮湿的黑，潜伏在石头的纹脉

幸运的会结晶为水

赶到河中找到路

那些在冬天生长的词，暂时作茧自缚

草根在春天就要出门

它们的生机将摧垮一切腐朽

我立身燕山与它们为伍

更多的禽兽与它们为伍

人羞于与自然纠缠在一起

我想，我已经不在人世

一只灰喜鹊突然喊我的名字

我知道我死了

灰喜鹊把我当成了它们的同类

这样真好，我不再是人

投胎为山中禽兽

春天，猎人不要打猎

兽类，飞鸟家族的后裔还像草芽

一只兔子消失在燕山丛林

跳跃那么潇洒，我以为它是我的同伴

燕山春天回来了

我停止说人话

5

燕山春天来了
凤凰亭依然没有凤凰的影子
恐怕在有生之年与凤凰无缘
我沉醉于一个传说之中
想必燕山上的石头看见过凤凰
它们沉默的姿势令人敬畏
见证凤凰的石碑完好无损
抚摸一次石碑
我就感到冰凉的谎言
是一个个朝代的缩影
自慰早就从君王开始了
任何君王的江山难逃断子绝孙的命运
凤凰的绝迹昭示万物生存的法则
喜鹊妻妾成群的在燕山出没
它们的自由主义使春天生机盎然

6

蝴蝶　紫罗兰　在她们现身之前

先于我大脑里飞翔

一个春天一个春天

我忽略了那么多喧闹

怀念故乡小院那几棵榆树

乱飞的榆钱　南去北归的燕子

这些离去几十年

我是异乡的一个个春天

在异乡夜夜回望我的少年

几吨几吨重的欢乐

一去不返

几吨几吨重的亲人

回归泥土　回归自然

一个一个的春天

不再青枝碧叶

华发几载　霜重几船

7

不再重生，此去经年

轮回的是一截截时间

岁月掏空我的命运

我纠缠在与世无争的语言之间

河流望见我发呆

我活着誓不为人

在尘世之中，做人不再新鲜

山野松鼠不乐意与人为伍

一只只喜鹊也不进人居住的房间

生命果真有轮回

我愿成为深山禽兽

或水中鱼

青鸟一样飞天

现在我还混迹在人间
卑微是我未来的墓志铭
卑鄙是我把人的责任承担

8

以前的季节都人为的省去
就从秋天开始吧
我找几个词做黑夜的灯盏
引导我仰望星空
燕山上方的夜
充满王气
这是缔造传说的空间
一颗流星去了
哪个王朝快要崩溃
盛唐打马走来
露珠一样的帝国
找不到一棵草
放置自己的历史

我无法在一首诗之中

描述一个个断代的时光

我无法说出

石头被刻成纪念碑的细节

所有的汉字学会了说谎

笔画也习惯了分赃天下的墨色

哪一划该白

哪一划该黑

白水河已经无力划分界线

瘦弱的白水河

是大地母亲的眼泪

抵达大海只是一种梦想

浪花也颠倒姿态的岁月

人性丧失了正义的光辉

我只能在一块石头上坐下来

等待黎明

致灵魂（组诗）

带你走吧，路边的牵牛花

带你走吧，路边的牵牛花

道上的风景是过客，露珠一样的夫妻

在黎明梦幻一般的蒸发，火是焚烧婚姻之爱的

燃料

憔悴就像红叶那样灿烂吧，挺立在山顶摇旗呐喊

不要萎缩一个角落，消隐生命的高贵与幸福

花开，夜黑；走下去就是没有路的沙漠

秋天你抬一抬头，天空都被大雁带走

跟我走吧，天涯还有一个缺口

我们拥抱的影子，就是补天的火焰

爱是一次遥远的旅行

我们上路吧！我们出发
带着积攒的幸福与忧伤
忘记一个感情锈蚀的城市
一个名词的死亡
另一个名词的诞生
秋天，我们在一片成熟的叶子上
开始旅行，清澈的叶脉与我们新鲜的血液
一起跳动金黄的火焰，未知的遥远
召唤我们的双脚，踩出时光的弧线
过去的美好，我们深存感激
而遥远的，岁月激荡的涛声让我们向往
多少年后，我们的灰尘也会拥抱在一起
尘埃一样的快乐，也是我们一生的缘

带上简单的心情，我们出发
我们的爱就是居住的驿站
凝视的眼神为对方遮挡风雨

近了

我们是两片枫叶，红是时间的伤口
在初秋掩藏内心，说出爱
灿烂沉静的飘落，还有记忆的悲伤
黄河岸边，波涛一次次向东驰骋
大海不远，一滴滴水凸起一朵朵蓝

我在黄河的下游等你

九曲十八弯，痛都成为时间的淤泥
黄河再黄，涌进山东人的怀里也开始清澈
万里跋涉的黄河水啊，纵有数不清的伤痕
来到大海，也会在蓝色暖意中愈合
我就是深海里的一尾鱼，使沉睡的黄河水重生
涛声

爱是夭折的时间

我们没有老，就进入了秋天
我们还没有爱，黄河的中间就横上一座山
你在黄河的上游，找不到能够依靠的肩
我在黄河的下游，伸去的手沾满伤痛的云烟
我们拥抱在一起，像两朵浪花雀跃的诗篇
水与水在融合，爱却是背对背；夭折的时间

我在秋天的路上想你

想得树叶都落了，黄河跳进大海也没有洗清暧昧
过的身子
我的思念，像穿过山洞的火车
就像我的身体穿过你的身体一样的黑暗，鸣笛；
呼啸
秋天成熟的身体，铺在大地上的红地毯
我学着黄河的样子，保持肆意翻腾的姿势
在秋天的路上，回味你九曲十八弯的山水

在黄河岸边听见你幸福的秋天

上游的黄河涛声羞怯，阳光下的歌唱
缓慢，舒畅；秋天的黄河水克制自己奔放的欲望
我听见你幸福的低吟
像一个汹涌夏天的女人，还剩一些悲凉的火焰
在秋天焚烧，佛的面前；度不过重生爱的一劫

西行路上

没有喜悦可以抵御秋的悲凉，黄河也不过是可有
可无的泪痕
万里山水秋色，在时间中昙花一现；只有你忧伤
的背影
是我心头挥之不去的痛，千里奔腾的黄河涛声
像深夜宿命的哭泣，伴随我魂无寄所的归程

秋天，上午十点的牵牛花

安静，成熟的小妇人

优雅的神情，秋凉中挺立

朝向太阳的笑，深潜在眸子

那么甜，坦然；饱满

一朵，二朵……

其中的一朵是我的渴望

透明的暧昧，李子树一样的春晖

露珠般滚动

深秋，行走的上午

敦煌身边的一座城市，壁画里斜躺的姿势

幻境般，我迷醉的想象

等待佛光，牵牛花慢慢感化周围的闲言

在秋天的时空中我们相遇

黄河流过的城市大街上，你像千年大水退去后

一条找不到家的鱼，立在秋阳的时光

静美的瘦弱；是思念亲人的痛

淡漠的眼神，是爱没有归宿的重

冥冥中我是岁月的过客，在黄河上游等待黄河

决口

那是天意里不会看见的命，逆水行舟

抵达生命的源头，水倒流那是天定

在一个地方搁浅，那是等待岸上落水的红杏

遥远的你，背着黄河出发

瘦弱的身子，驮载时间的厚重
黄河是你背上的故乡，你要去哪里
在遥远的黄河下游，我看见秋天骑着黄河的鲤鱼
奔向大海，我喊一声亲爱的
我的言词在世俗的喧闹中，销声匿迹
你立在秋天的高处，手持心灵的长笛
吹奏黄河抑郁的哀怨，一次次浪涛翻滚
淤泥是幸福河道的羁绊，多么遥远
深陷秋水的悲凉，怀揣的火焰找不到可以点燃的
灯盏

我在秋天的上午抵达

就像一道佛光，或一个愿望
我摸到了你手里的时光，黄河岸边受潮的花粉
美丽是需要腐烂的，往事中的尘埃就让记忆的芽
干枯
你是黄河大水冲洗过的细沙，我抵达的秋天带走
你的秘密

牵手在黄河水边行走

我不常在水边走，也就没有湿鞋

双掌伸进黄河净手，河西走廊赶来的风吹干

牵着你走过一朵浪花，跳跃的时间

天意我们顺黄河而下要折回，我们的缘分

像黄河要拐十八弯，中秋临近的黄河边

你苍茫的眼神，沉静的像厚重的秋天

牵手在水边行走，我的心像一叶舟子在你身上拴

我一抬头就看见你的影子

你就是天上的云彩，光芒

风的故乡，灵魂仰视的天涯

隐藏在宇宙的火里，欲望穿过冰的铁衣

我一抬头就看见你的姿势，双手抱紧时间的花环

雷鸣，闪电；飞驰而来的人面兽身的天神

此时，你是坠落大地的雨滴

开满湖面的红荷，瞬间又像一只紫色的蝴蝶

还有水声，鱼儿穿过忘情的缝隙

我想大声喊出你的名字

在心里我千万遍的呼喊，黄河的波涛一样只在河
道里翻滚
汹涌的黄河大水，一旦上岸；凸起的幸福就会烟
消云散
我真的想喊出你的名字，在我死去的前夜；生灵
不会出现的时刻

你离去的背影

黑夜的灯盏，蛇的呼吸

逆着黄河东流的方向，去追寻殉情的夕阳

夜间的班车留下一个窗口，你移动的脸像一朵失

血的桃花

在秋天的晚上，跳跃小小的火焰；灼伤一颗跋涉

千里的心灵

当我说出秋天

众神飘落，你坚持在高处
黄河是你脚下戏水的小溪，我命犯桃花
深秋成熟的桃子，在美人的身上成为风景
美人，天空中光芒四射的精灵
在秋天降临黄河岸边，水蛇的腰身
蒙娜丽莎的神情，魔鬼也惊异于天地的造化
我想说出你隐藏的秘密，黄河暗涌一样的漩涡

心是秋天的痛

树一样到秋天摘去了果子与叶，仅剩暗伤的年轮
牧人赶着羊群回家，神仙下界也动了凡尘
秋天了，我获得了你青睐的满杯苦酒
你还赐予一把砍伐我自己的大斧，使我惊魂
让我把自己当成一棵树，忘记自己也是有血有肉
的人
我倒下，你眼睛的余光都懒得唾弃
我站立，等待世俗的秋风将我掩埋

向西

黄河的大水也熄灭不了死亡的火焰，向西

天空坠落，沙漠肆虐；母亲河的源头

一个幸福的深渊，万劫不复的一种清澈

我尘埃的身躯，玷污了西域的雪神

背负拯救，我渴死在黄河岸边

向西，一次贞洁的消亡；爱情燃尽世间的一切

辞藻

西天有佛，我没有立地；向西

我看见你怀揣毒药，给爱上你的人哺育死亡的

养分

尘埃是生长的一堵墙

一切的悬念结束，一滴水与一滴水撞击
也会积攒微尘，微尘是生长的细菌
幻想的爱芽腐烂，就是花朵在怀里拥抱
没有分开，陌生的灵魂如同路人
擦掉它，尘埃长高的篱笆；黑色的阴影
是返潮的墙皮，记忆一层层脱落

秋晨短笛

鸟叫几声

才能够啄破露珠一样

秋凉的壳

我小小的心痛

没有找到理由停止

在异乡

思念抵达的高处

月亮隐身后

纯洁是一种黑

你还没有醒来

千万种姿势在梦里重复

你的小蛮腰是秋天的彩虹

她就飞翔在高处，黄河仰望的大海之上
水绣的小蛮腰，光滑的香气弥漫
沉甸甸的金黄的妖媚，灵魂拱向大地的影子
多少次大雨的呼喊，柔韧的小蛮腰呈现彩虹的
曲线
一场秋雨，黄河岸边飞天的彩虹是我揽月的梦幻
我一次次抚摸，缠绵；你南归的大雁一样呢喃
小蛮腰，我是一条贴在你身边的小船
装满忧愁的秋水，沐浴你沾满岁月尘埃的容颜

我在秋天的异乡遥望

落叶都是我凋零的目光，风吹远了一张张喜悦
的脸
千万个旅人里，我是唯一没有方向的游子
天空是我最后的行囊，装满幻想的云彩

相思

时间失去故乡，一个孩子
断奶后，找不到母亲

深秋，异乡清晨的路上遇雨

祸不单行，一颗已经被冷遇的心
偏偏碰到悲凉的秋雨，异乡的清晨
我涉水横过阴沉的天空，路在雨水中流浪
去向哪里，时间的宿命我是谁
茫然四顾，我在秋天的蛹里作茧自缚

向深处去

你的神在召唤，我经过你花园的河流小径

我像一个落水的少年，不识水性

你在喊叫，救命；伸出手

试图拯救自己，我落入你的海底

岸上那些黑色的羽毛，抖动

惊飞起一声声熟悉的鸟鸣

在黄河的东岸想你

我是黄河涨潮时溅上岸的一滴水，在深秋向故乡
爬行
朝向太阳升起的地方，日渐消瘦
回一次头，黄河就断流；抵达大海
我也只是半滴海水，不能构成一粒盐的晶体
或许在路上被太阳嫉妒而死，蒸发为一道闪电
追逐云彩，没有雷鸣；也没有阴霾

此时

你在拒绝自己醒来，抱着盘旋在天空鹰的影子
扑向你的时间，黄河快乐的喘息
早上去上班的人留下的余温，没能改变蛇冰冷的
意念
此时，你伸出手寻找汹涌你灵魂的力量

深秋的上午你的颤音在飞扬

隔着黄河，我也听见你花颤的节奏
九曲十八弯，就是你喘息的路径
亲爱的，异乡的路上
深秋飞扬的落叶，多像你磨难饱满的眼神
我的心把它捡起来，放进生命的深处
这些记忆的柴薪，一旦点燃
跳跃的火苗，会温暖一生

归程

秋风秋雨中我背负天空的脸色，涉水黄河翻过
太行
一路朋友的温暖，消融你装进我行囊的冷意
时间也老了，我是多么卑鄙
灵魂里飞翔衰败的云彩，满眼都是秋色
不是故乡，我却步履沉重
从异乡回到异乡，严冬没有到来
我看见冰雪聚集你的眉心，亲爱的
我停下来，不再深入你的时间抒情